QUEM PODE AMAR
É FELIZ

OBRAS DO AUTOR PUBLICADAS PELA EDITORA RECORD

Com a maturidade fica-se mais jovem
Demian
Felicidade
Francisco de Assis
O jogo das contas de vidro
O Lobo da Estepe
A magia de cada começo
Narciso e Goldmund
Quem pode amar é feliz
Sidarta
O último verão de Klingsor
A unidade por trás das contradições: religiões e mitos

HERMANN HESSE
QUEM PODE AMAR É FELIZ

TRADUÇÃO DE LUIZ MONTEZ

2ª edição

EDITORA RECORD
RIO DE JANEIRO • SÃO PAULO
2024

CIP-BRASIL. CATALOGAÇÃO NA PUBLICAÇÃO
SINDICATO NACIONAL DOS EDITORES DE LIVROS, RJ

H516q   Hesse, Hermann, 1877-1962
    Quem pode amar é feliz / Hermann Hesse ; tradução Luiz Montez. – [2. ed.]. – Rio de Janeiro : Record, 2024.

    Tradução de: We lieben kann, ist glücklich
    ISBN 978-65-5587-421-1

    1. Poesia alemã. 2. Prosa alemã. 3. Ensaios alemães. I. Montez, Luiz. II. Título.

24-92373   CDD: 830.8
                CDU: 821.112.2

Meri Gleice Rodrigues de Souza - Bibliotecária - CRB-7/6439

Título original:
Wer Lieben Kann, Ist Glücklich

Copyright © Suhrkamp Verlag, Frankfurt am Main, 1986

Texto revisado segundo o Acordo Ortográfico da Língua Portuguesa de 1990.

Todos os direitos reservados. Proibida a reprodução, no todo ou em parte, através de quaisquer meios. Os direitos morais do autor foram assegurados.

Direitos exclusivos de publicação em língua portuguesa somente para o Brasil adquiridos pela
EDITORA RECORD LTDA.
Rua Argentina, 171 – Rio de Janeiro, RJ – 20921-380 – Tel.: (21) 2585-2000, que se reserva a propriedade literária desta tradução.

Impresso no Brasil

ISBN 978-65-5587-421-1

Seja um leitor preferencial Record.
Cadastre-se no site www.record.com.br
e receba informações sobre nossos
lançamentos e nossas promoções.

Atendimento e venda direta ao leitor:
sac@record.com.br

Sobre o gelo

FOI UM LONGO E RIGOROSO inverno, e nosso belo rio na Floresta Negra esteve duramente congelado por semanas. Não posso esquecer a sensação estranha, horripilante e encantadora de quando pisei o rio na primeira manhã, num frio de lascar, pois ele era fundo e o gelo estava tão claro que a água verde, o fundo arenoso com pedras, as plantas aquáticas num emaranhado fantástico e, por vezes, o dorso escuro de algum peixe podiam ser vistos através da fina camada vítrea.

Eu passava metade dos dias sobre o gelo com os meus camaradas, com as faces quentes e as mãos azuis, o coração energicamente dilatado pelo movimento forte e ritmado da patinação, pleno da maravilhosa e irrefletida capacidade de prazer dos tempos de garoto. Nós apostávamos corrida, praticávamos salto em distância, salto em altura, brincávamos de pique, e aqueles que ainda usavam à moda antiga patins amarrados às botas e fixados com cadarços não eram os piores patinadores. Mas alguém, filho de fabricante, possuía um par de Halifax, que eram fixados sem cordão ou correias e que em alguns instantes podiam ser calçados e descalçados. Dali em diante, a palavra Halifax esteve durante anos nos meus bilhetes de pedidos de Natal. Sem sucesso, no entanto. E quando eu, 12 anos mais tarde, quis comprar um par de patins bem finos e bons, e pedi na loja um Halifax, dolorosamente sobreveio-me a perda de um ideal e de um pouco

5

de fé infantil quando sorridentemente me asseguraram que o Halifax era um sistema envelhecido e que havia muito não era mais o melhor. Eu patinava de preferência sozinho, frequentemente até o cair da noite. Eu passava voando, aprendia a parar num tiro mais veloz ou a fazer a curva em qualquer ponto, flutuava me equilibrando em belas voltas com prazer de aviador. Muitos de meus camaradas usavam o tempo sobre o gelo perseguindo e cortejando as garotas. Para mim, elas não existiam. Enquanto outros lhes faziam as vezes de cavalheiros, circulavam à sua volta ansiosa e timidamente ou emparelhavam-se com elas ousada e agilmente, eu desfrutava sozinho o livre prazer de patinar. Para com os "condutores de meninas" eu tinha somente pena ou escárnio, pois, baseado em confissões de vários amigos, eu acreditava saber como eram no fundo duvidosos os seus gozos galantes.

Então, já perto do fim do inverno, me chegou um dia aos ouvidos a novidade escolar de que o imbecil do Norte, havia pouco tempo, tinha beijado novamente a Emma Meier durante uma volta de patins. A notícia fez meu sangue subir subitamente à cabeça. Beijou! Isto já era certamente algo diferente das conversas insípidas e dos tímidos apertos de mão que eram normalmente exaltados como as mais altas delícias no ato de conduzir as meninas. Beijou! Era um som de um mundo estranho, trancado, timidamente pressentido, tinha o delicioso aroma dos frutos proibidos, tinha algo secreto, poético, indizível, próprio de uma região obscuramente doce, de horripilante atração, que a nós todos era silenciada, mas que conhecíamos por pressentimento e que era iluminada pela fresta das lendárias aventuras amorosas dos antigos heróis de meninas já expulsos da escola. O "imbecil do Norte" era um aluno hamburguês de 14 anos, que só Deus sabe como chegou até nós, que eu venerava muito, e cuja fama, que prosperava longe da escola, frequentemente não me deixava dormir. E Emma Meier era indiscutivelmente a aluna mais bonita de Gerbersau, loura, ágil, orgulhosa e da minha idade.

Daquele dia em diante eu remoí planos e preocupações em meu espírito. Beijar uma garota excedia todos os meus ideais até então, como fato em si, mas também porque era sem dúvida proibido e malvisto pelo regimento escolar. Tornou-se rapidamente claro para mim que, para tanto, a única boa oportunidade para o solene galanteio seria o passeio no gelo. Inicialmente procurei tornar a minha aparência o mais apropriada possível para a corte. Dedicava ao meu penteado tempo e cuidado, velava penosamente pelo asseio de minhas roupas, usava o gorro de pele caprichosamente caído sobre a testa e requestava às minhas irmãs um *foulard* vermelho de seda. Ao mesmo tempo comecei a cumprimentar educadamente sobre o gelo as garotas possivelmente disponíveis e acreditava ver que essa homenagem inabitual, apesar de com certo espanto, era percebida não sem certa satisfação.

Muito mais difícil para mim tornou-se o primeiro contato, pois eu nunca tinha "acionado" uma garota antes. Procurei espiar meus amigos nesse sério ritual. Muitos faziam apenas uma reverência e esticavam a mão, outros emitiam algo incompreensível num balbucio; mas a imensa maioria servia-se da elegante frase: "Posso ter a honra?" Esta fórmula me fazia grande impressão, e eu a ia praticando quando em casa me inclinava diante da estufa no meu quarto e dizia as solenes palavras.

Havia chegado o dia do difícil primeiro passo. Ontem já tinham me ocorrido ideias de como chamar a atenção, mas havia voltado sem coragem para casa, sem nada ousar. Hoje tinha me decidido a fazer sem falta o que eu tanto temia e ansiava. Com o coração corcoveando e mortalmente inseguro como um criminoso, fui ao passeio no gelo e acho que minhas mãos tremiam quando coloquei os patins. E lancei-me então na multidão, em grandes passadas, num esforço em manter em meu rosto uma réstia da segurança e da naturalidade habituais. Percorri por duas vezes todo o longo caminho na maior velocidade, o ar cortante e os movimentos violentos me faziam bem.

Subitamente, exatamente sob uma ponte, voei com toda vontade de encontro a alguém e saí cambaleando perplexo para o lado. Mas, sobre o gelo, estava sentada a bela Emma, reprimindo claramente as dores que sentia e me olhando com muita censura. O mundo girava à minha frente.

"Levantem-me!", disse para suas amigas. Então, com o rosto muito vermelho, tirei o meu boné, ajoelhei-me ao seu lado e ajudei-a a se levantar.

Ficamos então chocados e confusos um diante do outro, e sem dizer palavra. O casaco, o rosto e o cabelo da bela garota entorpeciam-me com a estranha proximidade. Sem sucesso eu pensava numa desculpa, sempre segurando o boné com o punho. E subitamente, enquanto os meus olhos pareciam encobertos por um véu, inclinei-me mecanicamente numa profunda reverência e balbuciei: "Posso ter a honra?"

Ela não respondeu nada, mas agarrou as minhas mãos com os seus dedos delicados, cujo calor eu sentia através da luva, e saiu patinando comigo. Eu me sentia como num estranho sonho. Um sentimento de felicidade, vergonha, calor, prazer e embaraço quase me arrebatava o fôlego. Patinamos juntos bem um quarto de hora. Então, numa parada, ela soltou levemente as mãozinhas, disse "muito obrigada" e se foi dali sozinha, enquanto eu puxava atrasado o gorro de pele e continuava por um tempo parado no mesmo lugar. Somente mais tarde ocorreu-me que durante todo o tempo ela não disse qualquer palavra.

O gelo derretia, e eu não conseguia repetir minha tentativa. Foi a minha primeira aventura amorosa. Mas ainda se passariam anos até que meu sonho se realizasse e minha boca pousasse sobre uma boca vermelha de menina.

Tarde demais

QUANDO, JUVENIL APURO E PUDOR, impelido
Vim a ti com leve pedido
Tu riste
E de meu amor
Um brinquedo fizeste.

Agora, cansada, brincar mais não queres,
Com olhar obscuro requeres
Em agonia,
Todo o amor,
Que então te oferecia.

Ah, hoje ele é inaudível?
E seu retorno impossível —
Outrora era teu!
Agora todo nome desconhece
E, em si fechado, se recolheu.

O AMOR NÃO EXISTE PARA fazer-nos feliz. Creio que ele existe para mostrar-nos como podemos ser fortes no sofrimento e no suportar.

O PODER DE AMAR DO jovem envolve, nos anos que antecedem a maturidade sexual, não somente os dois sexos, mas todas as coisas, o sensível e o espiritual, e a tudo confere o encanto do amor e a fabulosa capacidade de mudança que, ainda nas fases tardias da idade, retorna por vezes somente aos eleitos e poetas.

SOFRE-SE O AMOR; MAS QUANTO maior é a devoção neste sofrer, tanto mais forte ele nos faz.

O QUE SE TEM COM mais dificuldade é o que mais se ama.

AMOR SIGNIFICA TODA A SUPERIORIDADE, toda a capacidade de compreender, de sorrir na dor. Ter amor por si próprio e por nosso destino, estar em concordância cordial com o desejo e os planos do inescrutável, mesmo ali onde ainda não o divisamos e compreendemos — este é o nosso objetivo.

A época de aprendizagem de Hans Dierlamm

1

EWALD DIERLAMM, NEGOCIANTE DE COUROS, que havia muito não podia mais ser tratado como curtumeiro, tinha um filho de nome

Hans, por ele muito cobrado, e que frequentava o mais destacado ginásio em Stuttgart. Lá, o vigoroso e alegre jovem progredia em idade, mas não em sabedoria e reputação. Ficava obrigatoriamente reprovado em cada série, mas levava uma vida satisfeita com idas ao teatro e noitadas de cerveja, e com isto chegou afinal ao 18º ano de vida, tendo já se transformado num jovem homem robusto, ao passo que os seus colegas de escola eram ainda jovenzinhos imberbes e imaturos. Mas como ele também não conseguia acompanhar por muito tempo o ano letivo, antes procurando o cenário de seu prazer e cobiça exclusivamente numa vida mundana e masculina, o seu pai supôs que poderia tirar o jovem imprudente da escola, onde ele corrompia a si e os outros. Assim, certo dia, na mais bela primavera, Hans voltou com o seu entristecido pai para casa em Gerbesau, e agora ficava a pergunta sobre o que fazer com o transviado. Pois à altura da primavera não dava mais tempo de enfiá-lo no serviço militar, como era desejo do conselho de família.

Eis que o próprio Hans, para espanto dos pais, surgiu com o desejo de que o deixassem ir trabalhar como estagiário numa oficina de máquinas, por sentir em si vontade e aptidão para tornar-se engenheiro. Dizia-o com toda a seriedade, mas acalentava paralelamente ainda a secreta esperança de que o mandariam para uma cidade grande, onde estariam as melhores fábricas e onde ele, fora do trabalho, pensava em encontrar muitas oportunidades agradáveis de passatempo e prazer. Mas o seu cálculo estava equivocado. Pois, após os necessários aconselhamentos, seu pai comunicou-lhe que de fato estava decidido a realizar-lhe o desejo, mas julgava aconselhável por enquanto mantê-lo por ali, onde decerto talvez não existissem as melhores oficinas e estágios, mas, em contrapartida, tampouco existiam tentações e descaminhos. Por certo que esta última suposição também não estava inteiramente correta, como se evidenciou mais tarde, mas era bem-intencionada, de modo que Hans Dierlamm teve que se decidir a seguir o novo caminho de vida sob a supervisão do pai na cidadezinha natal. O mecânico Haager estava disposto a recebê-lo, e o ligeiro adolescente ia agora diariamente meio tímido rumo ao trabalho, da Münzgasse até nossa ilha, trajando um avental de linho azul, tal como todos os serralheiros. Esses caminhos eram-lhe de início pesarosos, pois até ali ele sempre estivera acostumado a aparecer diante de seus concidadãos em roupas bastante finas. Mas logo soube se adaptar, e agia como se vestisse seu avental de linho de certa forma por prazer, como uma fantasia de mascarado. Mas o trabalho em si lhe fazia bem, a ele que dissipara inutilmente tanto tempo na escola; era-lhe até agradável, e incitou-lhe primeiro a curiosidade, logo a cobiça, e, por fim, uma franca alegria.

A oficina de Haager ficava junto ao rio, aos pés de uma grande fábrica, e a manutenção e o conserto representavam para o jovem mestre Haager o seu principal trabalho e sustento. A oficina era pequena e velha; até uns anos antes ali mandava e ganhava um bom dinheiro o pai de Haager, um perseverante artesão sem qualquer formação escolar. O filho, que agora possuía e tocava o negócio, planejava, com efeito, expansões e inovações; mas, na condição de cauteloso filho de um artesão tratado com um rigor antiquado, começava com modesto acanhamento. Decerto que falava de produção a vapor, motores e pavilhões de máquinas; continuava, no entanto, a obrar diligentemente no velho estilo e não possuía, além de um torno de ferro inglês, nenhuma nova aquisição de equipamentos digna de monta. Ele trabalhava com dois assistentes e um jovem aprendiz e ainda tinha então vaga para o novo voluntário num lugar na bancada e num tornilho. Com cinco pessoas, o estreito recinto encontrava-se suficientemente lotado, e os colegas que por ali afluíam em busca de trabalho não precisavam ter medo de que fossem levados a sério.

O aprendiz, para começar de baixo, era um rapazote de 14 anos assustado e de boa vontade, em quem o voluntário recém-admitido não precisava prestar atenção. Um dos ajudantes chamava-se Johann Schömbeck, um sujeito esquelético de cabelos negros, arrivista e econômico. O outro ajudante era um sujeito belo e robusto de 20 anos, chamava-se Niklas Trefz e era amigo de escola do mestre, a quem tratava por "tu". Niklas conduzia o regimento da casa com toda amabilidade, como se isso não pudesse ser diferente, conjuntamente com o mestre, pois ele não era somente forte e vistoso de talhe e aparência, mas também um mecânico inteligente e aplicado que tinha talento para ser mestre. O próprio Haager, o proprietário, mostrava-se uma natureza preocupada e empenhada quando se encontrava no meio das pessoas, mas sentia-se bem satisfeito e também fazia seu bom negócio com Hans, pois o velho Dierlamm tinha que investir um dinheiro bem considerável pelo aprendizado de seu filho. Assim aparentavam as pessoas de quem Hans Dierlamm tornara-se camarada de trabalho, ou pelo menos assim pareciam a ele. De início o novo trabalho lhe solicitava mais do que as novas pessoas. Ele aprendeu a usar uma lâmina de serra, a lidar com esmeril e torno, a diferenciar metais, aprendeu a acender a forja, a vibrar a marreta, a dar o primeiro acabamento com a lima. Quebrava broca e talhadeira, dava duro com aços ruins na forja, sujava-se com fuligem, escórias da forja e óleo de máquina, dava martelada no dedo ou amassava-se com o torno de bancada, tudo sob o silêncio zombeteiro de seus parceiros, que tinham prazer em ver o filho já adulto de um homem rico condenado a tal iniciação. Mas Hans permanecia quieto, observava atentamente os camaradas, fazia perguntas ao mestre no intervalo do lanche, testava-se e movimentava-se, e logo ele conseguia entregar trabalhos simples de modo notável e útil, para lucro e espanto do senhor Haager, que havia depositado pouca confiança nas habilidades do estagiário.

"Eu sempre achei que o senhor queria bancar o serralheiro por algum tempo", disse ele certa vez com reconhecimento. "Mas, se o senhor continuar assim, vai realmente se tornar um."

Hans, que em sua época de escola não dava a mínima nem para elogio nem para censura dos professores, saboreou esse primeiro reconhecimento como um faminto saboreia um bom bocado. E, visto que os companheiros também o iam progressivamente admitindo e nunca o viam como um farsante, ele sentiu-se livre e bem e começou a observar o seu ambiente com curiosidade e engajamento humano.

Ele gostava mais era do Niklas Trefz, o aprendiz-chefe, um gigante tranquilo de cabelos louro-escuros com inteligentes olhos de cor cinza. Entretanto, levou ainda algum tempo até este deixar o novato se aproximar. Ele era por vezes calmo e um pouco desconfiado com o filho do patrão. Um pouco mais acessível mostrou-se o segundo aprendiz, Johann Strömbeck. Vez por outra aceitava de Hans um charuto e um copo de cerveja, indicava-lhe às vezes pequenas vantagens no trabalho e esforçava-se por ganhar a simpatia do jovem homem, mas não em detrimento do seu grau de aprendiz.

Quando, certa vez, Hans o convidou a passarem a tarde juntos, Schömbeck aceitou condescendente e convocou-o às oito horas a uma pequena estalagem à beira do tanque junto à ponte média. Ali se sentaram então; pelas janelas abertas ouvia-se o bramir da represa do rio, e, no segundo litro de vinho da região, o ajudante ganhou loquacidade. Em seguida ao claro e suave vinho tinto ele fumou um bom charuto e, com voz abafada, iniciou Hans nos segredos dos negócios e de família da oficina Haager. Ele sentia pena do mestre, disse, porque ele se rebaixava diante do Trefz, do Niklas. Ele seria um cara violento e teria, numa briga tempos atrás, dado uma grande surra no Haager, que à época ainda trabalhava para o seu pai. Um bom trabalhador isso ele era, pelo menos quando lhe competia sê--lo, mas tiranizava toda a oficina e seria mais orgulhoso do que um mestre, conquanto não possuísse nenhum centavo.

"Mas ele deve ganhar um alto salário", supôs Hans. Schömbeck riu e bateu no joelho. "Não", disse piscando, "ele só ganha um marco a mais do que eu, o Niklas. E isso por um bom motivo. Você conhece a Maria Testolini?"

"A dos italianos, no bairro da ilha?"

"É, da gentalha. A Maria tem já há muito uma relação com o Trefz, sabe. Ela apronta conosco na fábrica de tecidos. Eu não acredito que ela lhe seja fiel. É claro que ele é um cara forte e grande, como todas as gurias gostam, mas nem por isso boto fé na paixão dela."

"Mas o que isso tem a ver com o salário?"

"Com o salário? Ah, bom. Bem, o Niklas, portanto, tem uma relação com ela e teria há muito tempo uma colocação bem melhor se não estivesse aqui por causa dela. E esta é a vantagem do mestre. Mais salário ele não paga, e o Niklas não pede demissão porque não quer deixar a Testolini. Em Gerbesau um mecânico não consegue tirar muito, mais do que um ano eu não vou ficar aqui, mas o Niklas está aboletado e não vai embora."

Em seguida, Hans soube de coisas que o interessavam menos. Schömbeck não sabia muita coisa sobre a família da senhora Haager, sobre os seus bens, cujo restante o velho não quereria restituir, e sobre a discórdia conjugal daí decorrente. Tudo isso Hans Dierlamm ouviu com paciência, até que lhe pareceu chegada a hora de partir e voltar para casa. Deixou Schömbeck sentado com o resto do vinho e adiantou-se.

Voltando para casa no meio da noite morna de maio, ele se lembrou do que tinha acabado de saber sobre Niklas Trefz e não lhe ocorreu a ideia de julgá-lo um idiota por supostamente deixar de seguir em frente em função de seu caso. Antes achava isso muito esclarecedor. Ele não acreditava em tudo o que lhe contara o aprendiz de cabelos pretos, mas acreditou na história dessa garota, porque o isso agradava e ajustava-se à sua imaginação. Pois, desde o momento em que passou a não mais ocupar-se exclusivamente dos esforços e expectativas de sua nova profissão, como nas primeiras semanas, açoitava-lhe o desejo secreto, acalentado nas noites tranquilas de primavera, de ter um flerte. Enquanto estudante, acumulara nesse terreno algumas primeiras experiências mundanas masculinas, embora ainda bem inocentes. Mas agora, quando portava um avental azul de serralheiro e encontrava-se profundamente imerso no elemento popular, pareceu-lhe bom e atraente ter a sua parte nos costumes simples e vigorosos do povo. Mas não queria deixar isso prosperar. As meninas burguesas que havia conhecido por meio de sua irmã eram somente acessíveis à conversa em salas de dança e eventualmente num baile de clube, e, também ali, sob a observância de suas rigorosas mães. E no círculo dos artesãos e fabricantes Hans ainda não havia conseguido fazer com que elas o aceitassem como igual.

Procurou recordar-se daquela Maria Testolini, mas não conseguiu lembrar-se dela. Os Testolini eram uma comunidade familiar complicada, numa região pobre e triste, e habitavam, junto a várias famílias de nomes gálico-romanos, formando uma turma incontável, uma casinha velha e miserável junto à ilha. Hans lembrou-se de que, em seus tempos de garoto, por lá pululavam criancinhas que no ano-novo ou em outras épocas vinham mendigar na casa de seu pai. Uma daquelas crianças abandonadas talvez tenha sido Maria, e ele imaginou uma italiana escura, de olhos grandes e esbelta, meio desgrenhada e numa roupa não muito limpa. Mas, entre as jovens meninas da fábrica que ele via passar pela oficina, e entre as quais algumas lhe pareciam bem bonitinhas, não se recordava dessa Maria Testolini.

Ela tinha também uma aparência bem diferente, e, mal haviam se passado duas semanas ali, ele a conheceu inesperadamente.

Entre os recintos laterais bem arruinados da oficina contava-se um barraco meio escuro junto à margem do rio, no qual se depositava todo tipo de suprimento. Numa tarde quente de junho, Hans tinha algo para fazer lá; tinha que contar algumas centenas de barras e não se opunha a passar na friagem meia hora ou uma hora inteira ali, fora da quente oficina. Tinha arrumado as barras de ferro conforme sua robustez e começava agora a contagem, escrevendo de tanto em tanto tempo a soma a giz na parede escura de madeira. À meia altura dizia para si: noventa e três, noventa e quatro, então uma grave voz feminina exclamou baixinho, num meio-riso: "Noventa e quatro, cem, mil."

De forma assustada e involuntária, ele se virou. Lá estava, na janela mais baixa e sem vidraça, uma garota loura e vistosa que lhe acenou com a cabeça e riu.

"O que há?", perguntou de modo tolo.

"Ótimo tempo!", gritou ela. "Você é o novo voluntário ali ao lado, não é?"

"Sou. E a senhora, quem é?"

"Agora ele me trata por 'senhora'! Tem que ser sempre assim tão pomposo?"

"Oh, se for o caso, eu também posso tratá-la por 'você'."

Ela andou em sua direção, olhou a bagunça à sua volta, molhou o dedo indicador e apagou os números escritos a giz.

"Pare!", gritou. "O que você está fazendo?"

"Você não consegue guardar tudo isso na cabeça?"

"Para quê, se existe giz? Agora tenho que contar tudo outra vez."

"Nossa! Devo ajudar?"

"Com prazer."

"Eu acredito, mas tenho algo diferente para fazer."

"Quê? Parece que não."

"Ah, é? Agora ele ficou grosso novamente. Você não pode ficar um pouquinho simpático?"

"Posso, se você me mostrar como é que se fica."

Ela sorriu, chegou bem perto dele, passou a mão bem quente pelo seu cabelo, alisou o seu rosto e olhou-o de perto, sempre sorridente, nos olhos. Nunca algo assim lhe acontecera antes, e ele ficou hesitante e com vertigem.

"É um cara legal, amável", disse ela.

Ele quis dizer: "Você também." Mas o coração corcoveando tolheu-o das palavras. Ele segurou a sua mão e apertou-a.

"Ai, não tão forte!", exclamou baixinho. "Os dedos ficam doloridos."

Então ele disse: "Desculpe." Mas ela pôs por alguns instantes a cabeça com os cabelos louros e cheios sobre o seu ombro e olhou de modo delicado e lisonjeiro para ele. Então riu novamente com a sua voz quente e profunda, acenou-lhe amigável e cândida com a cabeça e foi-se dali. Quando ele se chegou à frente da porta, para acompanhá-la com os olhos, ela já tinha desaparecido.

Hans ainda ficou muito tempo com as suas barras de ferro. Ele estava inicialmente tão confuso e ardente e acanhado que não conseguia pensar em nada, e com a respiração pesada olhando para o nada. Mas logo se recobrou e foi tomado por uma alegria espantosa, indomada. Uma aventura! Uma bela moça alta chegara-se a ele, adulara-o, mostrara-lhe afeição! E ele não conseguira se desembaraçar, nada dissera, não soube nem mesmo dizer o seu nome, não lhe dera nem mesmo um beijo! Isto o irritou e o aborreceu ainda o dia inteiro. Mas decidiu-se com raiva e felicidade dar um reparo em tudo, e da próxima vez não ser tão estúpido e bobo.

Não pensava mais em nenhuma italiana. Ele pensava continuamente na "próxima vez". E, no dia seguinte, aproveitou-se de cada oportunidade para, de tantos em tantos minutos, ir até à frente da oficina e olhar para todos os lados. Mas a loura não apareceu em parte alguma. Em vez disso, ela chegou à oficina à noite toda ingênua e indiferente, com uma companheira, trazendo um trilho de aço, a peça de uma máquina de tecer, e mandou poli-la. Hans ela parecia não conhecer nem ver, em contrapartida gozou um pouco do mestre e andou na direção do Niklas Trefz, que providenciava o polimento e com quem ela conversava baixinho. Só quando foi embora e depois de dar adeus é que ela, sob a porta, olhou novamente para trás e lançou para Hans um olhar breve e quente. Franziu então um pouco a testa e moveu as pálpebras, como se dissesse que não havia se esquecido de seu segredo com ele, e que ele deveria mantê-lo bem guardado. E dali se foi.

Johann Schömbeck passou logo em seguida pelo torno de Hans, deu um calmo sorriso malicioso e cochichou:

"Essa era a Testolini."

"A pequena?", perguntou Hans.

"Não, a loura alta."

O voluntário curvou-se sobre o seu trabalho e limou violenta e impulsivamente. Ele limava tanto que a coisa assoviava e a bancada tremia. Então foi essa a sua aventura! Quem era agora enganado, o aprendiz-chefe ou ele? E o que fazer agora? Ele não teria imaginado que uma história de amor pudesse começar assim tão enrolada. Durante a noite e metade da madrugada não conseguiu pensar em mais nada.

Na verdade, a sua ideia desde o começo era a de que tinha que renunciar. Agora, porém, após ter se ocupado por 24 horas com pensamentos simplesmente apaixonados sobre a graciosa garota, o desejo de beijá-la e de deixar-se amar por ela avultara-se poderosamente dentro dele. Além disso, foi a primeira vez que uma mão de mulher acariciara-o assim, e que uma boca de mulher adulara-o assim. Reflexão e sentimento de dever sucumbiram à paixão fresca, que o sabor de uma consciência pesada não tornava mais bela, mas tampouco mais fraca. Maria queria algo com ele, e ele queria novamente algo com ela.

Evidentemente, ele não estava bem nessa história. Quando, na vez seguinte, se encontrou com Maria no corredor das escadas da fábrica, ele disse imediatamente: "Ei, como é que estão as coisas entre você e o Niklas? Ele é realmente o teu namorado?"

"É", disse rindo. "Não lhe ocorre a possibilidade de me perguntar mais nada?"

"Ocorre, sim. Se você gosta dele, é claro que não pode gostar também de mim."

"Por que não? O Niklas é a minha relação, entende, há muito tempo é assim e deve continuar assim. Mas eu gosto de você, porque você é um rapaz simpático. O Niklas é muito rigoroso e seco, sabe, e eu quero você para beijar e fazer carinho, rapaz. Você tem algo contra?"

Não, não tinha nada contra. Pousou calma e recolhidamente os lábios naquela boca em flor, e, como ela notou a sua inexperiência em beijar, riu, mas não o poupou e conquistou-o ainda mais.

2

Até então Niklas Trefz, na condição de primeiro ajudante e de quem trata o jovem mestre por "tu", vinha se entendendo com este da melhor maneira possível; com efeito, na maior parte das vezes, ele tinha a primeira palavra na casa e na oficina. Há algum tempo essa boa relação parecia um pouco estorvada, e com a aproximação do verão o comportamento de Haager tornou-se cada vez mais mordaz em relação ao ajudante. Por vezes confrontava-o com o mestre, não lhe pedia mais conselhos e a todo instante fazia-o perceber que não desejava manter a antiga relação.

Por sentir-se superior a ele, Trefz não se sentiu melindrado. Espantou-se, a princípio, com esse tratamento frio, tomando-o por uma cisma inabitual do mestre. Ele sorria e o absorvia tranquilamente. Mas, quando Haager tornou-se impaciente e extravagante, Trefz pôs-se a observar e logo acreditou ter chegado à causa da mudança de humor.

Ele viu que entre o mestre e a sua mulher nem tudo parecia estar em ordem. Não havia nenhuma briga ruidosa, a mulher era esperta demais para tanto. Mas o casal esquivava-se um do outro, a mulher não se deixava mais avistar na oficina, e o marido raramente estava à noite em casa. Fosse pela desunião, causada — como Johann Schömbeck dizia saber — pela recusa do sogro de soltar mais dinheiro, fosse uma desavença pessoal por trás disso, o fato é que o ar estava pesado na casa; a esposa parecia com frequência chorosa e aborrecida, e o marido também parecia ter aprendido algo de mau por experiência própria.

Niklas estava convencido de que essa desavença doméstica era a culpada de tudo e não fez o mestre pagar pela sua suscetibilidade e grossura. O que o aborrecia secretamente e o fazia irado era o modo leve e matreiro de Schömbeck se aproveitar dessa indisposição. É que este, desde que viu o primeiro-ajudante cair em desgraça, esforçava-se, numa solicitude a mais abjetamente servil, por recomendar-se ao mestre, e o fato de Haager deixar-se envolver e de favorecer visivelmente o adulador era para Trefz uma ferida aberta.

Nessa época transtornada, Hans Dierlamm tomou decididamente o partido de Trefz. Inicialmente, Niklas impusera-se a ele por seu enorme vigor e virilidade; então, o adulador Schömbeck tornou-se para ele pouco a pouco suspeito e antipático; e, por fim, ele tinha a sensação de ter fazer uma reparação a Niklas por uma culpa inconfessa. Pois ainda que sua relação com a Testolini se limitasse a encontros breves e rápidos, que não iam além de alguns beijos e carícias, ele se sabia num caminho proibido e não tinha a consciência tranquila. Em compensação, ele repelia mais decididamente as fofocas de Schömbeck e intercedia a favor de Niklas com tanta admiração quanto piedade. Pois não demorou até que este o percebesse. Até então ele mal notara o voluntário, vendo nele simplesmente um inútil filhinho de papai. Agora o olhava mais amigavelmente, dirigia por vezes a ele a palavra e tolerava que Hans se sentasse ao seu lado na pausa do lanche.

Por fim, convidou-o até mesmo a acompanhá-lo certa noite. "Hoje é meu aniversário", disse, "então tenho que beber uma garrafa de vinho com alguém. O mestre está com as bruxas soltas, o Schömbeck não vale a pena, o traste. Se o senhor quiser, Dierlamm, então venha hoje comigo. Poderíamos depois do jantar nos encontrar na avenida. O senhor quer?"

Hans estava altamente satisfeito e prometeu chegar pontualmente.

Era uma noite quente no início de julho. Hans fez em casa rapidamente o seu lanche, lavou-se um pouco e apressou-se até a avenida onde Trefz já aguardava.

Este trajava o seu terno de domingo e, quando viu Hans vindo com sua roupa azul de trabalho, perguntou com amigável censura:

"Então, o senhor ainda está de uniforme?"

Hans desculpou-se alegando pressa, e Niklas riu: "Nada de conversa-fiada! O senhor é mesmo voluntário e sente prazer com este avental sujo porque ainda não o usa há muito tempo. Um cara como eu gosta de tirá-lo quando sai depois do trabalho."

Eles caminhavam um ao lado do outro, ao longo da escura avenida com castanheiras, até diante da cidade. Atrás das últimas árvores surgiu subitamente uma grande figura de garota e pendurou-se no braço do ajudante. Era Maria. Trefz não lhe fez qualquer saudação, levando-a tranquilamente, e Hans não sabia se ela tinha vindo chamada por ele ou se espontaneamente. Seu coração batia assustado.

"Aqui está também o jovem senhor Dierlamm", disse Niklas.

"Ah, sim", exclamou Maria, rindo, "o voluntário. O senhor vem junto?"

"Vou, o Niklas me convidou."

"Que amável da parte dele. E da sua também por ter vindo. Um jovem tão fino!"

"Que besteira!", exclamou Niklas. "O Dierlamm é meu colega. E agora vamos comemorar o aniversário."

Alcançaram a Taberna dos Três Corvos, que ficava junto ao rio, num pequeno jardim. Lá de dentro escutava-se condutores conversando e jogando cartas, do lado de fora não havia ninguém. Trefz chamou o taberneiro pela janela, pedindo para ele trazer luz. Sentou-se então uma das muitas mesas de madeira tosca. Maria tomou assento ao seu lado, e de frente para Hans. O taberneiro saiu com uma lâmpada de corredor que mal iluminava, pendurando-a num arame sobre a mesa. Trefz pediu um litro do melhor vinho, pão, queijo e charutos.

"Mas aqui está vazio", disse a garota, desapontada. "Não vamos entrar? Não tem ninguém aqui."

"Nós somos gente suficiente", disse Niklas, impaciente.

Ele serviu vinho nas grossas canecas, empurrou na direção de Maria pão e queijo, ofereceu charutos a Hans e acendeu ele próprio um para si. Brindaram. Trefz, em seguida, emplacou numa conversa sobre coisas técnicas com Hans, como se a garota nem estivesse ali. Ele se sentava curvado para a frente, com um cotovelo na mesa, enquanto Maria apoiava-se ao seu lado no encosto do banco, com os braços cruzados no peito e olhando da penumbra longamente para o rosto de Hans com olhos tranquilos e satisfeitos. Isto se tornou desagradável para Hans, que afundava embaraçado em grossas nuvens de fumaça. Não esperava que os três se sentassem alguma vez a uma mesma mesa. Estava contente que os dois não trocassem carinhos diante de seus olhos e mergulhou com empenho na conversa com o ajudante.

Sobre o jardim, nadavam pelo céu estrelado pálidas nuvens noturnas, na estalagem soavam lá e cá conversas e risos, e, ao lado, corria o escuro rio vale abaixo, num suave marulho. Maria sentava-se imóvel na penumbra, ouvia a fala dos dois escorrendo-lhe pelos ouvidos e mantinha o olhar fixo sobre Hans. Ele o sentia, mesmo sem olhar à sua frente, e este olhar lhe parecia ora acenar convidativo, ora rir com escárnio, ora observá-lo friamente.

Assim se passou por volta de uma hora, e a conversa tornava-se cada vez mais lenta e preguiçosa, para finalmente adormecer; por um breve instante ninguém disse qualquer palavra. Foi quando a Testolini endireitou-se. Trefz quis servi-la, mas ela afastou a caneca e disse friamente:

"Não é necessário, Niklas."

"O que foi?"

"É seu aniversário. E sua namorada está aqui sentada, quase adormecendo. Nenhuma palavra, nenhum beijo, nada mais do que uma caneca de vinho e um pedaço de pão! Se meu namorado fosse um homem de pedra não faria melhor."

"Ah, me deixe!", e Niklas riu insatisfeito.

"É, me deixe! Eu ainda deixo. No fim, haverá outros que poderão olhar para mim."

Niklas exaltou-se: "O que está dizendo?"

"Dizendo o que é verdade."

"Ah, é? Se é verdade, então é melhor dizer logo tudo. Eu quero saber agora quem é que olha para você."

"Oh, são vários."

"Eu quero saber o nome. Você é minha, e se alguém olha para você é um canalha e vai se ver comigo."

"Se sou sua, você também tem que ser meu, e não ser assim tão grosso. Nós não estamos casados."

"Não, Maria, infelizmente não, e não tenho culpa, você sabe bem."

"Pois bem, fique de novo mais simpático e não bravo tão rápido. Sabe Deus o que se passa com você faz algum tempo!"

"Raiva é o que tenho, nada além de raiva. Mas agora vamos terminar de beber mais uma caneca e nos distrair, senão o Dierlamm vai achar que nós somos sempre assim, desunidos. Ei, taberneiro! Alô! Mais uma garrafa!"

Hans ficou bem receoso. Via agora espantado que a briga subitamente inflamada apaziguou-se com a mesma rapidez e não se opunha a beber junto ainda uma última caneca com paz e satisfação.

"Bem, saúde!", exclamou Niklas, brindou com ambos e esvaziou a sua caneca num longo gole. Então riu por um instante e disse num tom alterado: "Bem, bem. Mas posso dizer para vocês que no dia em que minha namorada se envolver com outro homem vai ter desgraça."

"Bobinho", exclamou Maria, baixinho, "em que você está pensando?"

"É só por falar", opinou Niklas, tranquilo. Recostou-se comodamente no banco, abotoou o colete até em cima e começou a cantar:

"A Schlosser hot a G'sella g'het...?"

Hans cantou junto com empenho. Mas secretamente tomou a decisão de não mais se envolver com Maria. Ele ficara apavorado.

Na volta para casa, a garota estacou sob a ponte menor. "Vou para casa", disse. "Você vem comigo?"

"Pois não", concordou o ajudante, e estendeu a mão para Hans.

Este deu boa-noite e seguiu sozinho, respirando de alívio. Nesta noite fora tomado por um horror constrangedor. Teve que imaginar repetidas vezes como teria sido se o ajudante-chefe o tivesse surpreendido com Maria. Depois que essa ideia pavorosa definiu suas decisões, tornou-se para ele fácil imaginar a si próprio sob uma ótica moral transfigurada. Já uma semana depois imaginava que tinha renunciado ao joguinho com Maria por nobreza de espírito e por amizade. A questão central era que agora realmente evitava a garota. Somente após vários dias ele a encontrou imprevisivelmente sozinha e então se apressou em lhe dizer que não poderia mais procurá-la. Ela pareceu ficar triste com isso, e ele sentiu-se pesaroso quando ela o agarrou e tentou demovê-lo com beijos. Mas ele não retribuiu nenhum, livrando-se antes com uma tranquilidade forçada. Ela somente deixou-o livrar-se quando ele ameaçou, num medo profundo, contar tudo ao Niklas. Neste momento ela gritou horrorizada e disse:

"Ei, você não vai fazer isso. Seria a minha morte!"

"Então você gosta dele?", perguntou Hans com amargura.

"Não diga isso!", suspirou. "Bobinho, você bem sabe que eu gosto muito mais de você. Não, mas o Niklas me mataria. Ele é assim. Prometa-me que não vai dizer nada a ele!"

"Está bem, mas você também tem que me prometer que vai me deixar em paz."

"Está assim tão cheio de mim?"

"Ah, deixe disso! Mas eu não posso jamais guardar segredo para ele, eu não posso, compreenda. Portanto prometa-me isso, está bem?"

Ela então lhe deu a mão, mas ele não a olhou nos olhos. Ele se foi em silêncio, e ela o seguia com os olhos, balançando a cabeça e com raiva. "Que palhaço!", ela pensou.

Então vieram dias ruins para ele. Sua carência de amor, violentamente despertada por Maria e sempre silenciada apenas por instantes, ia agora novamente por caminhos quentes e insatisfeitos da ânsia tempestuosa de vê-la, e somente o trabalho rigoroso acudia-o dia após dia. Agora, no crescente calor de verão, o trabalho cansava-o duplamente. Na oficina estava quente e abafado, trabalhos cansativos eram executados sem camisa, e o pesado e eterno fedor do óleo era trespassado pelo odor agudo do suor. À noite Hans tomava banho, às vezes juntamente com Niklas, na parte de cima da cidade, no rio frio, depois caía exausto na cama e pela manhã dava trabalho acordá-lo na hora.

Também para os outros, à exceção talvez de Schömbeck, a vida agora na oficina era ruim. O aprendiz recebia xingamentos e bofetões, o mestre era continuamente ríspido e irritado, e Trefz esforçava-se para suportar a sua natureza caprichosa e precipitada. Pouco a pouco ele também começou a ficar rabugento. Por um breve tempo ele ainda relevava como podia, mas então sua paciência se esgotou, e num meio-dia depois do almoço ele parou o mestre no pátio.

"O que você quer?", perguntou Haager, antipático.

"Ter uma conversa com você é o que eu quero. Você sabe por quê. Eu faço o meu trabalho tão bem quanto você exige, ou não?"

"Sim, faz."

"Pois é. E você me trata quase como um aprendiz. Algo deve estar por trás do fato de eu de repente não contar mais para você. Em geral sempre nos demos bem."

"Por Deus, o que você quer que eu diga? Eu sou simplesmente como sou e não posso me fazer diferente. Você também tem as suas esquisitices."

"Certo, Haager, mas não no trabalho, essa é a diferença. Eu apenas posso lhe dizer que você está arruinando o próprio negócio."

"Essas são questões minhas, não suas."

"Bom, então você me dá pena. Não quero mais continuar falando. Talvez as coisas mudem por si mesmas novamente."

Ele foi embora. Na porta da casa topou com Schömbeck, que parecia ter ouvido e ria baixinho. Ele teve vontade de socar o cara, mas se recompôs e passou calmamente ao seu lado.

Compreendia agora que entre Haager e ele devia existir algo mais do que apenas um ressentimento, e decidiu rastreá-lo. De fato, o que ele mais desejava fazer hoje era pedir demissão, em vez de continuar trabalhando sob tais circunstâncias. Mas não podia nem queria deixar Gerbesau por causa de Maria. Em compensação, parecia que não importava muito para o mestre mantê-lo, conquanto a sua saída necessariamente o prejudicasse. Aborrecido e triste, caminhou para a oficina, quando bateu uma hora.

De tarde, um pequeno conserto tinha que ser feito na fábrica de tecelagem do outro lado. Isso acontecia com frequência, visto que o fabricante fazia experimentos com algumas velhas máquinas remontadas, as quais eram consertadas por Haager. Antigamente esses consertos e modificações eram executados na maior parte das vezes por Niklas Trefz. Mais recentemente, no entanto, o próprio mestre ia sempre para lá e, quando um ajudante se fazia necessário, ele levava consigo Schömbeck ou o voluntário. Niklas nada dissera contra, mas isso o feria como um sinal de desconfiança. Ele sempre encontrara nessas oportunidades a Testolini, que trabalhava naquele salão, e agora não queria correr para o trabalho para não parecer que ele o fazia por causa dela.

O mestre foi também hoje para lá com Schömbeck e encarregou Niklas da supervisão da oficina. Uma hora transcorreu até Schömbeck retornar com algumas ferramentas.

"Em qual máquina vocês estavam?", perguntou Hans, que se interessava pelos experimentos de lá.

"Na terceira, na janela do canto", disse Schömbeck, olhando lá para o lado de Niklas. "Tive que fazer tudo sozinho, porque o mestre ficou numa boa conversa."

Niklas ficou atento, pois a Testolini fazia serviço naquela máquina. Ele quis ficar quieto e não se envolver com o ajudante, mas dele partiu involuntariamente a pergunta: "Com quem? Com Maria?"

"Acertou em cheio", riu Schömbeck. "Ele lhe faz a corte com perfeição. Também não é nenhuma surpresa, do jeito que ela é simpática."

Trefz não lhe deu mais nenhuma resposta. Não queria ouvir o nome de Maria, nem nessa boca, nem nesse tom. Começou a limar pesadamente e, quando teve que parar, testou a medida com o calibre meticulosamente, como se empregasse todos os pensamentos no seu trabalho. Mas algo diferente lhe percorria o espírito. Uma suspeita ruim atormentava-o, e, quanto mais meditava sobre o assunto, mais todo o passado se ajustava à suspeita. O mestre andava atrás de Maria; por isso, há algum tempo, sempre ia ele próprio à fábrica em frente e não o tolerava por lá. Por isso o tratara de modo tão estranhamente grosseiro e irritado. Ele estava com ciúmes e queria que a coisa chegasse ao ponto de ele pedir demissão e se mudar.

Mas ele não queria ir, ainda menos agora.

À noite visitou a casa de Maria. Ela não estava lá, e ele ficou esperando diante da casa até às dez horas num banco, entre as mulheres e rapazes que ficavam ali à noite passando o tempo. Quando ela veio, ele subiu com ela.

"Você ficou esperando?", perguntou ela na escada. Mas ele não deu resposta. Seguiu-a até o quarto e fechou a porta às suas costas.

Ela virou-se e perguntou: "E aí, está novamente indisposto? O que você tem?"

Ele olhou para ela. "Está vindo de onde?"

"De fora. Estava com a Lina e a Christiane."

"Ah, sim."

"E você?"

"Estava esperando lá embaixo. Tenho algo para lhe dizer."

"De novo! Então fale."

"Por causa do meu mestre, sabe. Eu acho que ele está atrás de você."

"Ele? O Haager? Céus, deixe ele para lá."

"Eu não deixo, não. Quero saber o que isso significa. Agora vai sempre ele mesmo, quando vocês têm coisa para fazer, e hoje ele passou novamente a metade da tarde com você na máquina. Agora me diga: o que ele tem com você?"

"Não tem nada. Ele joga conversa fora comigo, e isso você não pode proibir. Se dependesse de você eu teria de ficar sempre numa redoma de vidro!"

"Eu não estou brincando, sabe. O que ele papeia exatamente, quando está com você, é o que eu queria saber."

31

Ela suspirou entediada e sentou-se na cama.

"Deixe o Haager para lá!", exclamou impaciente. "O que poderia estar havendo com ele? Está um pouquinho apaixonado e está me cortejando."

"Você não lhe deu um bofete?"

"Deus do céu, por que é que eu não o arremessei pela janela afora imediatamente! Eu o deixo simplesmente falar e rio dele. Hoje ele disse que quer me dar um broche de presente."

"O quê? Disse? E você, o que disse a ele?"

"Que não preciso de broche nenhum e que ele deveria ir para casa, para a mulher dele. Mas agora chega! Isso é um ciúme! Você mesmo não pode estar levando a sério esse troço."

"Sim, sim. Bom, então boa noite, tenho que ir para casa."

Foi sem se deter mais. Mas não estava tranquilizado, embora na verdade não desconfiasse da garota. Ele só não sabia, mas sentia obscuramente que metade da fidelidade dela se dava por medo dele. Enquanto ele estivesse lá talvez pudesse estar seguro. Mas se tivesse que partir, não. Maria era vaidosa e gostava de ouvir belas palavras, ela tinha começado com o amor ainda moça. E Haager era mestre e tinha dinheiro. Ele podia lhe oferecer broches, não obstante a sua economia de sempre.

Niklas ficou percorrendo bem uma hora pelos becos, onde as janelas iam se apagando uma a uma, e, por fim, apenas as tabernas ficaram acesas. Ele procurava lembrar-se de que nada de mau tinha acontecido ainda. Mas sentia medo do futuro, do amanhã e de cada dia no qual tinha de ficar ao lado do mestre e trabalhar e conversar com ele, sabendo que ele estava atrás de Maria. Como isso ficaria?

Cansado e alterado, ele entrou numa taberna, pediu uma garrafa de cerveja, e cada copo rapidamente esvaziado significava esfriamento e consolo. Raramente ele bebia, quase sempre na cólera ou quando sentia uma alegria inabitual, e já devia estar fazendo um ano que não se embriagava. Agora ele se entregava de modo semiconsciente e irresponsável ao álcool e estava muito bêbado quando deixou novamente a taberna. Mas tinha bastante consciência para evitar ir nesse estado à casa de Haager. Ele sabia de um relvado sob a avenida que havia sido aparado ontem. Foi para lá com passos irregulares e jogou-se num monte de feno amontoado à noite, e lá adormeceu imediatamente.

3

NA MANHÃ SEGUINTE, QUANDO NIKLAS chegou cansado e pálido à oficina, ainda que pontualmente, o mestre já estava lá casualmente com Schömbeck. Trefz foi silenciosamente para o seu lugar e iniciou o seu trabalho. Quando o mestre gritou-lhe:

"Então, chegou finalmente?"

"Cheguei exatamente na hora, como sempre", disse Niklas com uma indiferença penosamente fingida. "Lá ao lado está o relógio."

"E onde esteve enfiado a noite inteira?"

"Isso lhe interessa?"

"É claro. Você mora comigo em casa, e lá eu quero ordem."

Niklas riu alto. Agora lhe era indiferente o que acontecesse. Estava saturado de Haager e de sua mania de ter razão e de tudo.

"Por que está rindo?", gritou o mestre, irado.

"Eu tenho que rir mesmo, Haager. Isso me acontece quando ouço algo engraçado."

"Não tem nada engraçado nisso. Tome cuidado."

"Talvez. Sabe, senhor mestre, esse negócio de ordem você falou bem. 'Eu quero ordem na casa!' Você falou arrojado. Mas me faz rir quando alguém fala em ordem e ele mesmo não tem nenhuma."

"Quê? Que tenho eu?"

"Nenhuma ordem em casa. Você briga conosco e faz rebuliço por qualquer besteirinha. Mas como é com a sua mulher, por exemplo?"

"Chega! Seu cachorro! Cachorro, eu disse."

Haager tinha dado um salto e parou ameaçadoramente diante do ajudante. Mas Trefz, com o triplo de sua força, deu-lhe quase amigavelmente uma piscada.

"Calma!", disse devagar. "Quando a gente fala deve ser educado. Você não me deixou falar antes até o fim. Sua mulher não me diz respeito, ainda que eu sinta pena dela."

"Cala a boca, senão..."

"Só depois de ter acabado. Bom, sua mulher não me interessa e também não me interessa se você dá em cima de uma garota de fábrica, seu devasso. Mas Maria me interessa, isso você sabe tão bem quanto eu. E se você encostar um dedo nela, vai se dar muito mal, você pode crer. Bom, agora acabei o que tinha para dizer."

O mestre estava lívido de irritação, mas não ousou pôr a mão em Niklas. Nesse meio-tempo chegaram também Hans Dierlamm e o aprendiz, postando-se na entrada, espantados com a gritaria e os palavrões, já bramidos nas primeiras horas prosaicas da manhã. Ele julgou melhor não deixar irromper um escândalo. Por isso lutou e engoliu em seco por um instante para dominar sua voz trêmula.

Então, disse alta e calmamente: "Bom, agora chega. Você pode ir semana que vem, já tenho em vista um novo ajudante. Ao trabalho, gente, vamos!"

Niklas apenas assentiu com a cabeça e não deu resposta. Encaixou uma alavanca reluzente no torno, testou o aço, desapertou-a novamente e levou-a para o esmeril. Os outros também deram sequência com grande diligência aos seus afazeres, e durante toda a manhã não se trocou palavra na oficina. Somente no intervalo Hans procurou o ajudante-chefe e perguntou-lhe baixinho se ele realmente iria.

"Naturalmente", disse Niklas brevemente, apartando-se dali.

A hora do almoço ele passou dormindo, sem chegar à mesa, sobre um saco de serragem na câmara de depósito. Mas ao meio-dia a notícia de sua demissão chegou aos trabalhadores da tecelagem por Schömbeck, e Testolini soube logo depois do almoço por uma amiga.

"Ei, o Niklas vai embora. Ele foi mandado embora."

"O Trefz? Não!"

"Sim, senhora, o Schömbeck acabou de trazer a notícia quentinha. Coitado dele, né?"

"É, se for verdade. Mas o Haager é impulsivo. Há muito que ele queria começar um namorico comigo."

"Deixa disso, eu daria um pé no traseiro dele. Uma mulher não deveria de jeito nenhum sair com homem casado, isso dá só em histórias bestas, e depois ninguém fica mais com você."

"Isso seria o de menos. Eu já poderia ter casado umas dez vezes, até mesmo com um vigia. Bastava eu querer!"

Com o mestre ela queria arriscar algo, por ora ele era certo para ela. Mas ela queria o jovem Dierlamm quando o Trefz estava fora. O Dierlamm era bem simpático e tinha tão boas maneiras. Que ele era também filho de um homem rico, nisso ela não pensava. O dinheiro ela poderia bem receber do Haager ou de outra fonte. Mas do voluntário ela gostava, ele era bonito e forte, conquanto fosse ainda quase um garoto. De Niklas ela tinha pena e ela temia os dias seguintes, até que ele partisse. Ela o tinha amado e o achava ainda maravilhosamente formoso e belo, mas ele tinha caprichos e cuidados desnecessários demais, não parava de pensar em casar e andava ultimamente tão ciumento que ela não perdia muito sem ele.

À noite ela o esperou perto da casa dos Haager.

Logo depois do jantar ele chegou, ela o cumprimentou e pendurou-se nele, e foram passear lentamente pela cidade.

"É verdade que ele o demitiu?", perguntou ela, vendo-o calar-se a respeito.

"Então você também já sabe?"

"Sei. E o que você tem em mente?"

"Vou para Esslingen, lá me ofereceram há muito tempo um emprego. E se ali não der em nada, vou sair caminhando."

"E não está pensando também em mim?"

"Mais do que eu devia. Não sei como vou aguentar isso. Eu penso sempre que você devia simplesmente vir junto."

"É, seria o certo, se desse."

"Mas por que não dá?"

"Ah, seja inteligente! Você não pode sair por aí com uma mulherzinha, como os vagabundos."

"Isso não. Mas se eu ficar com o emprego."

"É, se ficar com ele. É exatamente isso. Quando você vai partir?"

"No domingo."

"Então você ainda escreve antes se apresentando. E quando se alojar por lá e as coisas estiverem bem, então você me escreve uma carta e nós vamos continuar nos vendo."

"Você deve vir em seguida, imediatamente."

"Não, primeiro você tem que ver se o emprego é bom e se você pode ficar. E talvez aconteça de você também me providenciar um emprego, né? Então poderei chegar e o consolar novamente. Nós temos que ter agora paciência por um tempo."

"É, como diz a canção: 'O que convém ao garoto? Paciência, paciência, paciência!' Ao diabo com isso! Mas você tem razão, é verdade."

Ela conseguiu torná-lo mais confiante, não poupando boas palavras. Certamente que nunca pensou em segui-lo na viagem, mas precisava dar-lhe por vezes boas esperanças, pois do contrário aqueles dias seguintes seriam insuportáveis. No entanto, no presságio da despedida — ao mesmo tempo que o fazia viajar e se encontrava convencida de que em Esslingen ou em outro lugar ele logo a esqueceria e arrumaria outra, ela se tornou mais delicada e mais fogosa dentro de seu coração agitado, como havia muito não fora para ele. Ele sentia quase regozijo, afinal.

Contudo, isso somente durava enquanto Maria estava junto dele. Bastava sentar-se em casa na beirada da cama para toda a sua confiança escapar. Torturava-se novamente com pensamentos de assustada desconfiança. Subitamente notou que ela, na verdade, não havia se entristecido nem um pouco com a notícia da demissão. Aceitara-a bem facilmente e nem mesmo perguntara se ele ainda não poderia ficar por lá. De fato não poderia, mas ela deveria ter perguntado. E os planos dela para o futuro, então, jamais lhe pareceram convincentes.

Ele queria ainda hoje escrever a carta para Esslingen. Mas agora a sua cabeça estava vazia e ruim, e foi tão subitamente tomado pelo cansaço que quase adormeceu ainda vestido. Levantou-se automaticamente, despiu-se e deitou-se na cama. Mas não teve uma noite tranquila. O abafamento que pairava há vários dias no estreito vale do rio crescia com o passar das horas; longínquos trovões altercavam além das montanhas, e o céu tremia em contínuos relâmpagos sem que qualquer tempestade ou aguaceiro trouxesse ar e resfriamento.

Pela manhã Niklas estava cansado, sóbrio e descontente. A sua obstinação de ontem também tinha em boa parte desaparecido. Um sentimento deplorável de saudade de casa começou a angustiá-lo. Por toda parte via mestres, ajudantes, aprendizes, homens e mulheres de fábrica acorrerem impassivelmente aos seus postos, e à noite irem embora; qualquer cachorro parecia estar alegre por ter o seu direito a uma pátria e a uma residência. Mas ele, contra a sua vontade e contra qualquer razão, devia abandonar o seu trabalho tão querido e sua cidadezinha, e em outra parte pedir aquilo e esforçar-se pelo que aqui possuíra por tanto tempo e inquestionavelmente.

O homem forte enterneceu-se. Silenciosa e escrupulosamente foi até o seu trabalho, disse ao mestre e até a Schömbeck um amigável "bom-dia" e, ao passar por Haager, olhou-o quase suplicante, querendo a cada instante que Haager dissesse que sentia muito e retirasse a demissão, por mostrar-se tão condescendente. Só que Haager desviava-se de seus olhares e fazia de conta que ele já não estava mais lá e não pertencia mais à casa e à oficina. Somente Hans Dierlamm mantinha-se ao seu lado e deixava entender, por meio de uma pantomima revolucionária, que não ligava nem para o mestre nem para Schömbeck, e que não concordava de forma alguma com a situação. Mas isso não ajudava o Niklas.

A Testolini, para quem o Trefz à noite se dirigia triste e aborrecido, também não lhe dava nenhum consolo. Embora o afagasse com carinho e palavras apropriadas, ela falava também bem impassivelmente de sua partida como se falasse de algo decidido e irrevogável. E quando ele se pôs a falar de motivos de consolo e de conselhos e planos trazidos ontem por ela mesma, ela envolveu-se com o assunto, embora não demonstrasse ter levado tudo a sério e já tivesse abertamente esquecido até mesmo alguns de seus conselhos. Ele queria passar a noite com ela, mas mudou de ideia e foi embora mais cedo.

Em sua melancolia, ele dava voltas pela cidade, sem rumo definido. Ao avistar a pequena casa de arrabalde na qual ele crescera como órfão em casa de estranhos, e onde agora morava uma outra família, passou-lhe pela cabeça um pensamento fugidio da época de escola e de aprendiz, e de várias coisas bonitas daquela época; mas isso parecia estar num tempo infinitamente distante, sendo tocado apenas por um vago eco de coisas perdidas e tornadas estranhas. Por fim, ele próprio sentiu repugnância pela insólita devoção a tais agitações da alma. Acendeu um charuto, fez uma cara despreocupada e entrou numa adega ao ar livre, onde foi imediatamente reconhecido e invocado por operários da tecelagem.

"O que está havendo", exclamou em sua direção alguém que já estava meio alto, "você vai festejar a despedida e pagar algo, não vai?"

Niklas riu e sentou-se junto à pequena turma. Prometeu pagar duas cervejas para cada um e ouviu de todas as partes que era uma pena que ele fosse embora, um cara legal e querido, e lhe perguntou se ele, no final das contas, não ficaria lá. Ele fez de conta que a demissão tinha partido dele e gabou-se de ter em mira bons empregos. Cantou-se uma canção, os copos chocaram-se num brinde, fizeram barulho e riram, e Niklas entrou numa alegria artificial e ruidosa que não lhe caiu bem, e da qual na verdade ele se envergonhava. Mas quis então bancar o irmão alegre e, para mostrar mais serviço do que o necessário, entrou na casa e comprou lá dentro uma dúzia de charutos para os seus camaradas.

Quando retornava ao pátio da taberna, ouviu chamarem seu nome naquela mesa. A maioria lá estava levemente bêbada; eles batiam na mesa enquanto discursavam e riam excessivamente. Niklas percebeu que falavam dele, estacou escondido atrás de uma árvore e prestou atenção. Ao ouvir as gargalhadas devassas que pareciam dirigidas a ele, subitamente sua desenvoltura evaporou-se. Com atenção e amargor ele permaneceu na penumbra e prestou atenção no que falavam dele.

"Ele é bem um palhaço", disse um dos mais calmos, "mas talvez o Haager seja o mais idiota. Talvez o Trefz esteja contente de ter a oportunidade de se livrar da carcamana."

"Aí é que você se engana", disse um outro. "Aquele ali cola naquela figura que nem um carrapato. E cego do jeito que é talvez nem saiba em que bicho vai dar. Depois a gente dá uma sondada, e dá-lhe umas espetadinhas."

"Mas presta atenção! O Niklas pode estourar."

"Ah, nada! Aquele não percebe nada! Ontem à noite ele saiu para passear com ela, e, mal chegou em casa e foi para a cama chegou o Haager e saiu com ela. Aquela pega qualquer um. Eu só queria saber com quem ela está hoje."

"É, ela também já teve um caso com o Dierlamm, o garoto voluntário. Parece que tem que ser sempre um serralheiro."

"Ou tem que ter dinheiro! Mas sobre o pequeno Dierlamm eu não sabia. Você mesmo viu isso?"

"Ô! No quarto dos fundos e uma vez na escada. Eles beijaram-se de um jeito que me deu calafrios. O moleque começa cedo, exatamente como ela."

Niklas se encheu. Deve ter sentido vontade de cair como uma tempestade sobre os caras. Mas não fez isso e dali se foi calmamente.

Hans Dierlamm também não tinha dormido bem nas últimas noites. Os pensamentos amorosos, a raiva na oficina e o calor abafado enfastiavam-no, e pela manhã ele chegava com frequência com algum atraso no trabalho.

No dia seguinte, depois de tomar rapidamente o café e abalar-se pelas escadas, Niklas veio para seu espanto em sua direção.

"Salve", exclamou Hans, "o que há de novo?"

"Trabalho lá fora na serraria, você deve vir junto."

Hans estava espantado, em parte pelo insólito encargo, em parte porque Trefz subitamente tratava-o por você. Ele via que este carregava um martelo e uma pequena caixa de ferramentas. Pegou a caixa dele, e foram, um com o outro, ao longo do rio lá em direção à cidade, passando primeiro por jardins, depois por prados. A manhã estava brumosa e quente, lá no alto parecia soprar um vento do oeste, mas aqui embaixo no vale predominava uma completa calmaria.

O ajudante estava sombrio e abatido, como depois de uma noitada ruim. Após um intervalo, Hans começou a palavrear, mas sem receber resposta. Niklas lhe dava pena, porém ele não ousava dizer mais nada.

A meio caminho da serraria, onde a trajetória sinuosa do rio circundava uma pequena península coberta com arbustos de amieiro, Niklas deteve-se subitamente. Ele desceu até os amieiros, deitou-se na grama e acenou para Hans vir também. Este o seguiu com prazer, e eles então ficaram durante certo tempo deitados e esticados um ao lado do outro, sem dizer palavra.

Dierlamm acabou dormindo. Niklas observava-o, e, quando ele adormeceu, inclinou-se sobre o mesmo e olhou-o no rosto com grande atenção, por um bom tempo. Em seguida suspirou e murmurou algo consigo mesmo.

Ao final saltou irado e desferiu um chute no adormecido. Assustado e confuso, Hans levantou-se cambaleante.

"O que há?", perguntou inseguro. "Dormi tanto assim?"

Niklas olhou-o como o olhara antes, com olhos estranhamente diferentes. Ele perguntou: "Está acordado?" Hans acedeu assustado com a cabeça.

"Então presta atenção! Ali ao meu lado está um martelo. Está vendo?"

"Estou."

"Você sabe por que eu o trouxe?"

Hans olhou-o nos olhos e assustou-se indescritivelmente. Terríveis pressentimentos assomavam-lhe. Quis sair correndo, mas Trefz reteve-o, agarrando-lhe com força.

"Não saia correndo! Você vai ter de me ouvir. Então, o martelo, eu o trouxe para... Ou então... o martelo..."

Hans compreendeu tudo e gritou com um medo mortal. Niklas sacudiu a cabeça.

"Não deve gritar. Vai querer me ouvir agora?"

"Sim."

"Você sabe do que eu estou falando. Então, eu queria dar com o martelo na sua cabeça. Fique quieto! Ouça-me! Mas não deu. Eu não consigo. E também não é decente, totalmente adormecido! Mas agora você está acordado, e eu coloquei o martelo ali. E agora eu lhe digo: vamos lutar um contra o outro, você também é forte. Nós lutamos, e quem estiver por cima do outro pode pegar o martelo e bater. Você ou eu, um deve acreditar nisso."

Mas Hans sacudiu a cabeça. O medo mortal fugira de sua cabeça, ele sentia apenas uma tristeza cortantemente aguda e uma pena quase insuportável.

"O senhor espera um pouco", disse em voz baixa. "Antes eu quero falar. Nós podemos ainda nos sentar ali, não?"

E Niklas seguiu. Ele sentia que Hans tinha algo a dizer, e que nem tudo era como ele tinha ouvido e concebido.

"É por causa da Maria?", começou Hans, e Trefz assentiu com a cabeça.

Então Hans contou tudo. Não silenciou nada e buscou não inventar nada, mas também não poupou a garota, pois talvez sentisse que tudo dependia de afastá-lo dela. Falou daquela noite, quando Niklas festejou o aniversário, e de seu último encontro com Maria.

Quando ele fez silêncio, Niklas deu-lhe a mão e disse:

"Eu sei que o senhor não mentiu. Vamos voltar para a oficina?"

"Não", disse Hans, "eu sim, mas não o senhor. O senhor deve partir imediatamente, isso seria o melhor."

"Certo. Mas preciso de minha carteira de trabalho e de um atestado do mestre."

"Eu providencio. Venha à noite à minha casa, eu lhe trago tudo. O senhor pode por ora ir arrumando as suas coisas, não pode?"

Niklas refletiu. "Não", disse então, "não é o correto. Vou junto à oficina e peço ao Haager que ele já me libere hoje. Eu agradeço muito que o senhor queira esvaziar tudo por mim, mas é melhor que eu mesmo o faça."

Fizeram juntos meia-volta. Quando retornaram, mais da metade da manhã tinha se passado, e o Haager os recebeu com enérgicas censuras. Mas Niklas pediu-lhe para lhe falar ainda uma vez como despedida, por obséquio e em paz, e levou-o consigo até diante da entrada. Quando retornaram, ambos foram calmamente para os seus lugares e iniciaram um trabalho. Mas à tarde Niklas não estava mais lá, e na semana seguinte o mestre empregou um novo ajudante.

O FATO DE QUE TODO amor possua sua profunda tragédia não é motivo para não mais amar!

TEMOS QUE CONSERVAR O NOSSO amor o mais livre possível para que possamos dá-lo de presente a cada hora. Os objetos aos quais o consagramos são sempre por nós superestimados, e desse ponto flui muito sofrimento.

JOVEM, SINTA COM ARDOR
A dor e a vontade do amor.
Mas, que engano, ao crer que o fazes
Com mais emoção que outros rapazes!

NÃO SE DEVE PEDIR AMOR, nem exigi-lo. O amor tem que possuir a força de transformar-se por si mesmo em certeza. Então ele não é mais atraído, mas atrai ele próprio.

O ciclone

FOI EM MEADOS DOS ANOS noventa, e eu prestava à época serviço voluntário numa pequena fábrica de minha cidade natal, que abandonei para sempre ainda no mesmo ano. Eu tinha aproximadamente 18 anos e não fazia ideia de como era bela minha juventude, embora eu a desfrutasse diariamente e a sentisse à minha volta como o pássaro sente o ar. Às pessoas mais velhas, que não conseguem mais se lembrar de cada um dos anos em particular, eu precisaria apenas lembrar que no ano ao qual eu me refiro a nossa região foi assolada por um ciclone ou tempestade nunca vista anteriormente em nosso país, nem antes nem depois. Foi naquele ano. Eu tinha ferido a mão esquerda dois ou três dias antes com um cinzel de aço. Ela tinha um buraco e estava inchada, eu precisava carregá-la numa tipoia e não podia ir à oficina.

Tenho a lembrança de que ao longo de todo aquele verão tardio todo o nosso estreito vale encontrava-se num abafamento inaudito, e de que às vezes as tempestades sucediam-se umas às outras por dias a fio. Havia uma quente agitação na natureza que certamente me atingiu de modo apenas abafado e inconsciente, e da qual eu me recordo em detalhes. À noite, por exemplo, quando eu ia pescar, encontrava os peixes estranhamente agitados pelo ar pesado; eles se impulsionavam em desordem uns aos outros, batiam-se com frequência vindo da água morna à tona e iam às cegas para o anzol. Então, finalmente, ficou um pouco mais fresco e calmo, as tempestades vinham mais raramente, e pela manhã cedo já cheirava um pouco a outono.

Numa manhã, eu deixei a nossa casa e fui atrás de minha diversão, com um livro e um pedaço de pão na bolsa. Como estava habituado a fazer na época de menino, segui primeiro por trás da casa pelo jardim que ainda se encontrava sob a sombra. Os abetos plantados por meu pai, e que eu mesmo conhecera ainda bem novos e ainda com os talos finos, estavam altos e robustos, entre eles montes de cones castanho-claros, onde havia anos nada crescia além de sempre-vivas. Ali ao lado, num jardinzinho longo e estreito, ficavam as moitinhas de flores de minha mãe, que iluminavam rica e alegremente; delas eram colhidos todos os domingos grandes ramalhetes. Havia ali uma planta com molhinhos de pequenos brotos de cor vermelho-cinabre, ela se chamava amor-ardente; e um delicado arbusto que traz pendurados em talos finos muitas flores vermelhas e brancas em forma de coração, chamadas corações-de-mulher, e um outro matinho chamava-se orgulho-malcheiroso. Ali perto ficavam uns malmequeres de hastes compridas que ainda não tinham dado botões, e entre eles a gorda sempre-viva e a graciosa portulaca arrastavam-se no chão com espinhos moles, e este canteiro longo e estreito era nosso favorito e nosso jardim dos sonhos, porque nele encontravam-se juntas tantas flores estranhas, que nos eram mais curiosas e queridas do que todas as rosas nos dois canteiros redondos. Quando o sol aqui brilhava e reluzia na parede com heras, então cada moitinha tinha o seu jeito e beleza bem particulares, os gladíolos jactavam-se gordos com cores gritantes, o heliotrópio encontrava-se cinzento e como que enfeitiçado, mergulhado em seu doloroso aroma, a cauda-de-raposa pendia em declinante devoção, mas as luvas-de-nossa-senhora punham-se sobre a ponta dos pés e bimbalhavam com os seus múltiplos sinos de verão. Junto às varas-de-ouro e nas flores-de-

-chama, as abelhas enxameavam ruidosamente, e sobre a espessa hera corriam de vez em quando com violência pequenas aranhas marrons; sobre os goivos tremulavam no ar aquelas borboletas lépidas, num zunido caprichoso, com ventres gordos e asas vítreas, que denominamos de galhofeiras ou caudas-de-pombo.

No meu deleite de feriado, eu ia de uma flor a outra, cheirava aqui e ali uma aromática umbela ou abria com dedos cuidadosos um botão em cálice a fim de olhar dentro dele, ou de admirar os abismos secretos e pálidos e a ordem silenciosa das nervuras e pistilos, de fios de cabelos macios e de canais cristalinos. No entremeio eu estudava o céu nublado da manhã, dominado por uma desordem estranhamente confusa de faixas vaporosas estreitas e por nuvenzinhas como flocos de algodão. Parecia-me que certamente hoje haveria mais uma vez uma tempestade, e preparava-me para pescar de tarde por algumas horas. Diligentemente eu trocava de lugar, na esperança de encontrar minhocas, algumas pedras-pomes da beira do caminho, mas saíam se arrastando apenas bandos de tatuzinhos cinzentos e secos que fugiam aturdidos para todos os lados.

Pus-me a pensar no que fazer então, e nada me ocorria de imediato. Um ano antes, quando tivera férias pela última vez, eu ainda era totalmente um garoto. O que eu então mais gostava de praticar, tiro ao alvo com arco de aveleira, soltar pipa e explodir pelos campos buraco de camundongo com pólvora de munição, tudo aquilo não tinha mais o encanto e o brilho daquela época, como se uma parte de minha alma tivesse se cansado e não respondesse mais às vozes que algum dia lhe foram caras e rendiam alegrias.

Admirado e com silenciosa angústia, olhei à minha volta, no distrito bem conhecido de minhas alegrias infantis. O pequeno jardim, os terraços adornados com flores e o pátio úmido e sem sol, com seus paralelepípedos verdes de musgo, avistavam-me e tinham uma cara diferente da antiga, e até as flores haviam perdido algo de seu inesgotável encanto. Simples e tediosamente encontrava-se no canto do jardim o velho barril de água com o encanamento; ali, antigamente, para desgosto de meu pai eu deixava a água passar metades inteiras do dia, acionando rodas de moinho de madeira, construía pelo caminho diques e canais e provocava enormes enchentes. O decrépito barril de água me fora uma fiel diversão e passatempo, e, à medida que o olhava, se agitava dentro de mim até mesmo uma ressonância daquele deleite infantil, só que tinha um triste sabor, e o barril não era mais uma fonte, uma correnteza, um Niágara.

Trepei pensativo sobre a cerca, um botão azul de copinho-de-nossa-senhora roçou o meu rosto, eu o arranquei e o enfiei na boca. Estava agora decidido a dar um passeio e olhar de cima da montanha lá para a nossa cidade. Passear era também um empreendimento quase alegre em que em outros tempos eu jamais teria pensado. Um garoto não passeia. Ele vai à floresta como bandoleiro, cavaleiro ou índio, ele vai ao rio como canoeiro e pescador e construtor de moinhos, ele corre pelos prados para caçar borboletas e lagartos. E, assim, o meu passeio me parecia a ação digna e algo tediosa de um adulto que não sabe direito o que fazer de si.

Meu copinho azul ficou logo murcho e foi jogado fora, eu roía agora um galho de buxo que havia arrancado para mim, tinha um gosto amargo e aromático. Na trilha de terra, onde ficava o grande esparto, um lagarto verde saiu correndo diante de meus pés, isso reacendeu a meninice em mim, e eu não descansei, e corri e andei furtivamente e espreitei até segurar em minhas mãos o animal assustado e quente do sol. Eu olhei para os seus pequenos olhos de pedras preciosas brilhantes e senti, num ecoar da antiga felicidade de caçador, o vigoroso ventre flexível e as pernas duras se defendendo e resistindo entre os meus dedos. Mas então a vontade se esgotou, e eu não sabia mais o que fazer com o animal aprisionado. Não me ocorria nada, não havia mais felicidade naquilo. Curvei-me novamente e abri a mão, o lagarto, surpreso, permaneceu quieto por um instante, os flancos em respiração ofegante, e desapareceu com afinco no mato. Um trem vindo de lá dos trilhos reluzentes de ferro passou por mim, eu o acompanhei com os olhos e senti por instantes muito claramente que aqui eu não poderia mais ver brotar qualquer felicidade verdadeira e desejei fervorosamente partir com esse trem, e rumo ao mundo.

Olhei à minha volta, para ver se o guarda-linha não estava por pertos, e, como nem se via nem se ouvia nada, pulei rapidamente sobre os trilhos e escalei do lado de lá por cima das rochas arenosas altas e vermelhas das quais se podiam ver ainda aqui e ali os buracos enegrecidos pelas explosões da construção da linha férrea. Eu conhecia a abertura de passagem para cima, agarrava-me aos tufos de espartos resistentes e já em florescência. Na vermelha formação rochosa respirava um calor seco de verão, a areia quente escorria durante a escalada para as minhas mangas, e, quando olhei para cima de mim, o céu reluzente encontrava-se espantosamente perto e firme por sobre a parede de pedra vertical. E subitamente eu estava lá em cima, consegui me firmar na beira da rocha, trazer os joelhos, me segurar num pequeno tronco fino e espinhoso de acácia e consegui ficar então sobre um terreno com capim esquecido, em subida íngreme.

Essa pequena região deserta e calma, sob a qual os trens de ferro passavam num atalho escarpado, fora-me outrora uma parada querida. Fora o capim resistente, agreste, impossível de aparar, cresciam por ali roseirinhas de espinhos finos e algumas escassas acácias semeadas pelo vento, por cujas folhas finas e transparentes o sol brilhava. Nessa ilha de mato, também recortada em cima por uma vermelha franja rochosa, eu me hospedara outrora como Robinson; a solitária faixa de terra não pertencia a mais ninguém que não possuísse a coragem e o espírito de aventura para conquistá-la através de uma escalada vertical. Aqui eu gravara aos 12 anos com um cinzel o meu nome na pedra, aqui eu lera outrora a Rosa de Tannenburg e compusera um drama infantil que tratava do valente cacique de uma tribo de índios em extinção. A grama queimada de sol pendia em madeixas esmaecidas e esbranquiçadas sobre a encosta íngreme, a folhagem esturricada do esparto tinha um cheiro forte e amargo no calor sem vento. Estiquei-me na aridez ressecada, vi as finas folhas de acácia perpassadas por um sol gritante, em sua disposição perfeitamente graciosa descansando no céu de um exagerado azul, e refleti. Parecia-me ter chegado o momento certo de estender diante de mim a minha vida e o meu futuro.

Mas eu não conseguia descobrir nada de novo. Via apenas o empobrecimento notável a me ameaçar por todos os lados, o esmaecer e o fenecer inquietante de alegrias comprovadas e de ideias que haviam se tornado queridas para mim. O que eu tivera que oferecer contra a vontade, toda a bem-aventurança perdida de garoto, não foi substituída pela minha profissão; eu a amava pouco e também não lhe permaneci fiel por muito tempo. Ela não foi para mim senão uma rota para o mundo, onde em algum lugar seria possível sem dúvida encontrar novas satisfações. De que espécie elas poderiam ser?

A gente podia ver o mundo e ganhar dinheiro, não era mais necessário perguntar ao pai e à mãe antes de fazer e empreender algo, a gente podia nos domingos jogar boliche e beber cerveja. Mas tudo isso eram, eu bem o via, coisas apenas secundárias e de modo algum o sentido da nova vida que esperava por mim. O sentido de fato ficava em outro lugar, mais profundo, mais belo, mais secreto, e tinha a ver, segundo meu sentimento, com as garotas e com o amor. Lá devia estar oculto um profundo prazer e sua satisfação, pois senão não teria feito sentido o sacrifício das alegrias de garoto.

Do amor eu sabia bem, eu vira muito casal, lera muitas poesias amorosas espantosamente embriagantes. Eu mesmo também tinha me apaixonado várias vezes e sentido em sonhos um pouco da doçura pela qual um homem empenha sua vida e que é o sentido de seu agir e de suas aspirações. Eu tinha camaradas de escola que agora andavam com garotas, tinha na oficina colegas que sabiam contar sem timidez sobre as pistas dominicais de dança e sobre as janelas de quartos escaladas de madrugada. Entretanto, para mim, mesmo o amor era ainda um jardim interditado, diante de cuja porta eu esperava com tímido desejo.

Somente na última semana, pouco antes de meu acidente com o cinzel, surgiu em mim uma primeira clara convocação, e desde então eu me encontrava nesse estado de reflexão, inquieto, desde então a minha vida pregressa transformou-se em passado, e o futuro ficou claro para mim. O nosso segundo aprendiz me chamara uma noite à parte e me contara no caminho de casa que sabia de uma gracinha de menina que ainda não tinha namorado e não queria ninguém além de mim, e que teria tricotado uma moedeira de seda para me presentear.

Ele não queria dizer o seu nome, eu mesmo poderia adivinhá-lo. Quando então eu forcei, perguntei e fiz por fim pouco caso, ele estacou — nós estávamos exatamente na passagem do moinho sobre a água — e disse baixinho: "Ela está neste momento andando atrás de nós." Virei-me com timidez, meio esperançoso e meio amedrontado de que tudo não passasse de uma brincadeira idiota. Lá vinha atrás de nós, subindo os degraus da ponte, uma jovem garota chegando da fábrica de fios de algodão, a Berta Vögtlin, que eu ainda conhecia das aulas de primeira comunhão. Ela estacou, olhou para mim e sorriu, e ficou lentamente vermelha, até que todo o seu rosto ficou em chamas. Eu continuei andando rapidamente, e para casa.

Ela me procurara a partir dali duas vezes, uma vez na fábrica de fios onde era o nosso trabalho, e outra vez indo para casa à noite, mas fizera somente um cumprimento, e então: "Também já acabou o serviço?" Isso significa que alguém tem a disposição de engrenar uma conversa; mas eu apenas fiz que sim com a cabeça, disse sim e prossegui embaraçado.

Os meus pensamentos ocupavam-se agora com essa história e não se entendiam muito bem com ela. Gostar de uma garota bonita, era com isso que eu já vinha sonhando com frequência e com profundo desejo. Ali então estava uma, bonita e loura e um pouco maior do que eu, ela queria ser beijada por mim e quedar-se nos meus braços. Ela crescera grande e robusta, tinha o rosto branco e vermelho, em sua nuca brincava a sombra do cabelo enovelado, e o seu olhar estava repleto de espera e amor. Mas eu nunca pensara nela, nunca estivera apaixonado por ela, nunca a seguira em sonhos delicados e nunca sussurrara tremendo o seu nome ao meu travesseiro. Eu poderia, se quisesse, acariciá-la e possuí-la, mas não conseguiria venerá-la e nem ajoelhar-me diante dela e adorá-la. O que resultaria disso? O que eu deveria fazer?

Levantei-me desgostoso de meu recosto de grama. Ah, era uma época ruim. Quisera Deus que o meu ano de fábrica findasse logo amanhã, e eu pudesse viajar dali, para longe, e recomeçar e esquecer tudo.

Com o intuito apenas de fazer algo e sentir que estava vivendo, tomei a decisão de completar a subida na montanha, mesmo sendo isso cansativo a partir de onde eu estava. Lá em cima a gente ficava bem acima da cidadezinha, e podia ver longe. Subi tempestuosamente pelo monte até a rocha superior, me comprimi entre as pedras para cima e me projetei para o terreno elevado, onde a montanha inóspita terminava em arbustos e restos de rocha. Suando e respirando com dificuldade, cheguei ali e respirei com mais liberdade no fraco vento da altitude ensolarada. Rosas em botão pendiam frouxas junto às ramagens e deixavam cair folhas fracas e pálidas quando eu passava roçando por elas. Pequenas amoras silvestres verdes medravam por toda parte e somente no lado do sol elas possuíam o fraco brilho do marrom metálico. Borboletas-do-cardo voavam silenciosamente para lá, no calor tranquilo, e traçavam raios coloridos pelo ar; sobre um para-sol de aquileias de exalação azulada acomodavam-se inúmeros escaravelhos de manchas vermelhas e pretas, uma assembleia curiosamente silenciosa, e movimentavam como autômatos suas pernas longas e franzinas. Havia muito que todas as nuvens tinham desaparecido do céu, ele encontrava-se num puro azul, drasticamente entrecortado pelas pontas dos abetos das montanhas próximas da floresta.

Parei sobre a rocha mais alta, onde nós ainda garotos sempre acendíamos a nossa fogueira de outono, e me virei. Lá embaixo, no vale semiobscuro, eu via o rio rebrilhar e o açude relampejar com suas espumas brancas, e, estreitamente acomodada na profundidade, a nossa velha cidade com telhados marrons, sobre os quais se alçava aos ares, de modo silencioso e íngreme, a fumaça azul dos fogões do meio-dia. Lá estava a casa de meu pai e a velha ponte, lá estava a nossa oficina, onde eu via pequeno e vermelho arder o fogo da forja, e, mais para baixo do rio, a fábrica de fios, sobre cujo telhado plano crescia capim, e por trás de cujas vidraças brilhantes Berta Vögtlin, junto com muitos outros, fazia também o seu trabalho. Ah, ela! Eu não queria saber nada sobre ela.

A cidade natal olhava-me familiarmente aqui em cima, na velha intimidade dos seus jardins, parques e esquinas; os números dourados do relógio da igreja reluziam matreiramente ao sol, e no ensombreado canal do moinho eram refletidas claramente casas e árvores numa sombra fria. Somente eu mesmo me transformara, e apenas em mim encontrava-se o motivo para que se estendesse entre mim e essa imagem o véu fantasmático do estranhamento. Neste pequeno distrito de muros, rio e floresta, minha vida não se encaixava mais com segurança e satisfação; ela talvez se encontrasse ainda atada por fortes laços a estes lugares, mas não estava mais enraizada e cercada. As ondas de nostalgia reboavam em toda parte por cima das estreitas fronteiras rumo ao longínquo. Enquanto eu, numa tristeza peculiar, olhava lá para baixo, ascendiam festivamente em minha alma todas as minhas secretas esperanças de vida, as palavras de meu pai e as palavras do venerado poeta, juntamente com os meus próprios votos recônditos, e me parecia algo sério, conquanto delicioso, tornar-me um homem e segurar conscientemente nas mãos o meu próprio destino. E logo esse pensamento caiu como uma luz nas dúvidas que me acossavam, em função da questão da Berta Vögtlin. Ainda que ela fosse bonita e gostasse de mim: não era de meu feitio deixar que as mãos de uma garota me presenteassem com uma felicidade tão pronta e de mão beijada.

Não faltava muito para o meio-dia. A vontade de escalar tinha desaparecido; pensativamente eu desci o caminho em direção à cidade, passando pela pequena ponte ferroviária, onde, anos antes, todo verão eu capturava nas espessas urtigas as lagartas escuras e peludas das borboletas de olhinhos de pavão, pelo muro do cemitério, diante de cuja porta uma nogueira musgosa espargia sombras compactas. O portão estava aberto, e eu ouvia lá de dentro o chapinhar da fonte. Logo ao lado ficava o pátio de jogos e de festas da cidade, onde na festa de maio e no Dia de Sedan comia-se e bebia-se, falava-se e dançava-se. Agora estava silencioso e esquecido na sombra das castanheiras velhíssimas e poderosas, com chamativas manchas de sol sobre a areia avermelhada.

Aqui embaixo no vale, na rua ensolarada ao longo do rio, ardia um inclemente calor de verão; aqui na margem do rio, defronte às casas exuberantemente iluminadas, ficavam os escassos freixos e aceráceas de folhagem rala e já amarelecida pelo verão tardio. Como era o meu hábito, eu ia sobre o lado da água e buscava com os olhos os peixes. No rio claro como o vidro agitava-se a alga de barbas espessas em movimentos longos e ondeantes; ali no meio, em falhas escuras e que eu conhecia com precisão, ficavam esporadicamente aqui e ali uns peixes gordos inertes e imóveis, com a boca voltada contra a corrente, e, de passagem, capturavam de quando em quando em pequenos cardumes escuros as jovens piabas. Eu via que fora bom não ir pescar esta manhã; mas o ar e a água, e o jeito como uma velha carpa escura estava descansando na água clara entre duas grandes pedras redondas, me diziam promissoramente que hoje à tarde provavelmente se poderia pescar algo. Eu guardei isso para mim e continuei a andar e suspirei fundamente, quando, da rua ofuscante passando pela entrada, adentrei o corredor de nossa casa escuro qual um porão.

"Acho que teremos hoje novamente uma tempestade", disse na mesa meu pai, que tinha um delicado senso meteorológico. Eu argumentei que não se avistava qualquer nuvenzinha no céu e qualquer brisa do vento oeste, mas ele sorriu e disse: "Não está sentindo como o ar está tenso? Nós veremos."

Estava evidentemente bastante abafado, e o canal de esgoto cheirava violentamente como no início do vento meridional. Eu senti, com a escalada e o calor que inalava, um cansaço ulterior e sentei-me perto do jardim na varanda. Com fraca atenção, e frequentemente interrompido por leves cochilos, eu lia a história do general Gordon, o herói de quadrinhos, e agora também a mim parecia cada vez mais que logo viria uma tempestade. O céu continuava como sempre no mais puro azul, mas o ar estava cada vez mais opressivo, como se camadas de nuvens incandescidas estivessem diante do sol sempre claro lá no alto. Às duas horas eu voltei para casa e comecei a armar meu equipamento de pesca. Enquanto examinava minhas linhas e anzóis, eu pressentia a excitação interior da caça e sentia com gratidão que permanecera em mim esse profundo e apaixonado prazer.

A calma estranhamente abafada e pressionada daquela tarde permaneceu para mim inesquecível. Eu carregava o meu balde de peixes rio abaixo até a passagem inferior, que já estava coberta pela metade pelas sombras das casas altas. Da fábrica de fios próxima ouvia-se o zunir constante, hipnótico das máquinas, semelhante a um voo de abelhas, e do moinho principal roncava a cada minuto o estridular ruim e desgastado da serra de mesa. Fora isso estava bem calmo, os artesãos tinham se recolhido sob as sombras das oficinas e ninguém se expunha na travessa. Sobre a ilha do moinho, um garotinho vagueava nu na água pelas pedras. Diante da oficina do mestre que fabricava carroças, algumas tábuas corridas cruas apoiavam-se na parede e exalavam no sol um aroma muito forte, o cheiro seco chegava até mim do outro lado, e o seu claro rastro era possível em meio ao saturado aroma de água, e que recendia levemente a peixe.

Os peixes também tinham notado o tempo inabitual e comportavam-se com mau humor. Alguns peixes vermelhos foram para o anzol no primeiro quarto de hora; um tipo gordo e largo com belas barbatanas vermelhas frontais partiu a minha linha quando eu o tinha quase nas mãos. Logo em seguida veio um alvoroço nos animais, os peixes vermelhos entraram fundo na lama e não olhavam mais nenhuma isca, mas de cima eram visíveis cardumes de peixes de criação, crias de um ano, e seguiam rio acima em cardumes sempre novos como em fuga. Tudo indicava que se acelerava uma mudança de tempo, mas o ar estava calmo como vidro, e o céu sem nenhuma turvação.

Para mim parecia que alguma água ruim de esgoto certamente tinha expulsado os peixes, e, como eu ainda não tencionava desistir, lembrei-me de um novo ponto e procurei o canal da fábrica de fios. Mal achei lá um lugar na cabana e desembrulhei minhas coisas, Berta apareceu na janela da escadaria da fábrica, olhou cá para baixo e acenou para mim. Eu fiz como se não tivesse visto e acocorei-me sobre o meu anzol.

A água corria escura no canal artificial, nele eu via refletida a minha figura com contornos tremulados pelas ondas, sentado, com a cabeça entre as solas dos pés. A garota, ainda em pé lá em cima na janela, gritou o meu nome aqui para baixo, mas, imóvel, eu mantinha os olhos fixos na água e não virei a cabeça.

A pesca não estava dando em nada; aqui os peixes também se moviam lépidos como num trabalho apressado. Cansado do calor opressivo, permaneci sentado sobre o murinho, sem esperar nada mais do dia e desejando que já fosse noite. Atrás de mim zuniam nos salões da fábrica de fios o bramido eterno das máquinas, o canal atritava-se num marulhar suave de encontro às paredes cobertas de musgos e molhadas. Eu estava repleto de sonolenta indiferença e só permaneci sentado porque estava com preguiça demais para recolher de novo a minha linha.

Desse crepúsculo preguiçoso eu despertei, depois talvez de meia hora, com uma sensação súbita de preocupação e profundo mal-estar.

Uma rajada de vento inquieta girou com pressão e má vontade sobre si mesma, o ar estava denso e tinha um gosto insosso, algumas andorinhas voaram assustadas, passando bem perto da água. Senti-me tonto e achei que talvez estivesse com insolação, a água parecia ter um cheiro mais forte, e uma sensação ruim, como se viesse do estômago, começou a tomar conta da minha cabeça e a me fazer suar. Puxei a linha do anzol para molhar as minhas mãos nas gotas d'água e comecei a juntar as minhas coisas.

Quando me levantei, vi na praça a poeira girar em frente à fábrica de fios, brincando em pequenas nuvenzinhas num redemoinho; subitamente ela elevou-se, formando uma única nuvem; lá no alto, nos ares agitados, voavam pássaros como se expulsos a chicotada, e, logo em seguida, eu vi o ar ficando branco e descendo pelo vale, como numa espessa tempestade de neve. O vento, resfriando-se estranhamente, pulou para baixo como um inimigo sobre mim, arrancou a fileira de peixes da água, tirou meu boné e bateu no meu rosto como punhos.

O ar branco, que havia pouco estivera como uma parede de neve sobre os telhados distantes, estava agora à minha volta, frio e doloroso, a água do canal jorrava alto, como se recebesse rápidos golpes da roda do moinho, a linha com o anzol se fora, e à minha roda agitou-se bufando e de forma aniquiladora um ermo branco e gritante, golpes atingiam minha cabeça e minhas mãos, terra subia por mim em aspersão, areia e pedaços de madeira rodopiavam no ar.

Tudo me era incompreensível. Eu sentia apenas que algo horrível estava acontecendo e que havia perigo. Num salto eu estava junto à cabana, e dentro dela, cego de surpresa e horror. Segurei-me num suporte de ferro e fiquei sem fôlego por segundos de torpor, com vertigens e um medo animal, até que comecei a compreender. Uma tempestade como eu até então nunca vira ou julgara possível irrompeu diabolicamente, no alto ressoava um zunido assustado ou selvagem, no telhado plano acima de mim e no solo diante da entrada desabava branco, em espessos montões, um granizo grosso, espessas pedras de gelo rolavam para dentro até mim. O barulho de granizo e vento era temeroso, o canal espumava, chicoteado, e escalava as paredes para cima e para baixo em ondas agitadas.

Eu via, tudo em um minuto, tábuas, ripas do telhado e galhos de árvore arrancados atravessando o ar, pedras caindo e pedaços de argamassa logo cobertos pela massa dos troços de granizo arremessados por cima; eu ouvia, como sob rápidas marteladas, tijolos quebrarem e desabarem, vidros estilhaçarem e calhas desabarem.

Uma pessoa veio então correndo dali da fábrica, atravessando o pátio coberto de gelo com roupas adejando, encurvada contra a tempestade. A figura aproximou-se em cambaleante peleja em minha direção, em meio ao dilúvio que se revolvia tenebrosamente. Ela entrou na cabana, correu até mim; um rosto calmo, alheio-familiar, com grandes olhos amáveis, flutuou com um sorriso doloroso colado à minha visão, uma boca calma e quente buscou minha boca e beijou-me numa insaciabilidade esbaforida, mãos envolviam meu pescoço, e um cabelo louro e úmido apertava-se contra minhas faces, e, enquanto em volta, a tempestade de granizo sacudia o mundo, uma tempestade muda e amedrontada de amor assaltava-me ainda mais profunda e assustadoramente.

Estávamos sentados numa pilha de tábuas, sem palavras, bem entrelaçados, eu alisava tímido e assustado o cabelo de Berta e apertava os meus lábios na sua boca forte e cheia, o seu calor envolvia-me doce e doloroso. Fechei os olhos, e ela apertou minha cabeça contra o seu seio palpitante, no seu colo, e acariciou-me o rosto e cabelo com suas mãos leves e perdidas.

Quando abri os olhos, despertando de uma queda na escuridão da vertigem, lá estava sobre mim o seu rosto sério, vigoroso, em triste beleza, e seus olhos avistavam-me perdidos. De sua testa clara, sob os seus cabelos emaranhados, escorria um filete fino de sangue vermelho-claro sobre todo o rosto até o pescoço.

"O que foi? O que aconteceu?", gritei cheio de medo.

Ela me olhou mais profundamente nos olhos e sorriu fracamente.

"Acho que o mundo está desabando", disse levemente, e o troante ruído do temporal engoliu suas palavras.

"Você está sangrando", eu disse.

"É o granizo. Deixa para lá. Você está com medo?"

"Não. E você?"

"Eu não estou com medo. Ah, sabe, a cidade inteira está desmoronando. Você não me ama mesmo, né?"

Calei-me e olhei enfeitiçado nos seus olhos grandes e claros, eles estavam cheios de amor, aflitos; e, enquanto eles baixavam diante dos meus e enquanto a sua boca repousava tão pesada e ávida sobre a minha, eu olhava imóvel nos seus olhos sérios, e passando pelo olho esquerdo escorria sobre a pele branca e fresca o fino sangue vermelho-claro. E, ao mesmo tempo que os meus sentidos cambaleavam com embriaguez, o meu coração ansiava por sair dali e defendia-se com desespero contra o fato de estar sendo apoderado assim na tempestade e contra a sua vontade. Endireitei-me, e ela leu em meu olhar que eu sentia pena dela.

Então ela curvou-se de volta e olhou-me como se estivesse zangada, e como eu lhe estendi a mão num movimento de lamento e preocupação, ela tomou-a com ambas as mãos, abaixou o seu rosto entre elas, caiu de joelhos e começou a chorar, e suas lágrimas corriam quentes sobre a minha mão em contração. Embaraçado, baixei meu olhar até ela, a sua cabeça pousava em soluços sobre a minha mão, em sua nuca sombria brincava um tufo macio de cabelos. Se ela agora fosse uma outra, pensei inquieto, uma que eu amasse realmente, e a quem eu pudesse devotar minha alma, como eu quereria revolver esse doce tufo com dedos amorosos e beijar essa nuca branca!

Mas meu sangue se acalmara, e eu padecia o tormento da vergonha de ver ajoelhada a meus pés aquela a quem eu não me dispunha a devotar minha juventude e minha glória.

Tudo isso, que vivenciei como se fosse um ano encantado, e que ainda hoje guardo na memória em centenas de pequenos movimentos e gestos, como num grande intervalo de tempo, durou na realidade apenas poucos minutos. Uma luminosidade irrompeu inesperadamente, partes úmidas do céu azul divisaram, numa inocência reconciliadora, e, subitamente, cortada como por uma lâmina, arrefeceu-se o estrondo da tormenta, e fomos envolvidos por uma surpreendente e inacreditável calmaria.

Fui para fora da cabana em direção ao dia, que tinha retornado como se saído de um sonho de uma caverna fantástica, espantado por estar ainda vivo. O pátio deserto tinha aspecto ruim, a terra revolvida e como que pisada por cavalos, por toda parte montes de blocos gelados de granizo, meu anzol desaparecera, bem como o balde de pesca. A fábrica estava tumultuada, eu via através de centenas de vidraças quebradas as salas agitadas, de todas as portas as pessoas saíam impetuosamente. O chão estava cheio de cacos de vidro e tijolos arrebentados, uma calha longa do telhado encontrava-se arrancada e pendia torta e encurvada sobre a metade da casa.

Eu me esqueci então de tudo o que se dera ainda há pouco e nada sentia além de uma curiosidade selvagem e amedrontada de ver o que teria acontecido e o quanto de ruim teria sido causado pelo tempo. Todas as janelas e telhas partidas da fábrica tinham num primeiro olhar a aparência devastada e desoladora, mas, no fim, tudo não fora assim tão horrível e não correspondia bem à terrível impressão que o ciclone me causara. Respirei aliviado e liberado, e, espantosamente, também meio decepcionado e sóbrio: as casas encontravam-se como antes, e em ambos os lados do vale as montanhas também ainda estavam lá. Não, o mundo não acabara.

Entretanto, quando deixei o pátio da fábrica e, vindo da ponte, cheguei à primeira viela, a desgraça ganhou novamente uma aparência mais séria. A ruazinha estava cheia de cacos e de vitrines quebradas, chaminés haviam desabado e arrancaram consigo pedaços dos telhados, pessoas encontravam-se diante das portas, consternadas e queixosas, tudo como em fotos que eu vira de cidades ocupadas e conquistadas. Pedras soltas e estacas de construções bloqueavam o caminho. Furos nas janelas miravam fixamente em toda parte por trás de estilhaços e cacos, cercas de jardim encontravam-se no chão, ou pendiam matraqueando de encontro aos muros. Davam pela falta de crianças e as buscavam, pessoas poderiam estar fulminadas sob os campos de granizo. Mostravam-se pedaços de granizo aos circunstantes, grandes como moedas de táleres, e ainda maiores.

Eu ainda estava excitado demais para voltar e contemplar o estrago na própria casa e jardim; também não me ocorreu que poderiam dar pela minha falta; afinal, nada me acontecera. Decidi dar ainda uma caminhada ao ar livre, em vez de seguir tropeçando pelos cacos; o meu lugar favorito veio-me tentadoramente à lembrança, o antigo campo de festas ao lado do cemitério, em cujas sombras eu festejara todas as grandes festas de meus anos de menino. Espantado, constatei que eu havia passado por lá fazia somente quatro ou cinco horas, vindo das rochas a caminho de casa; parecia-me que longo tempo havia se passado desde então.

E, assim, eu ia pela travessa e sob a ponte de baixo para casa, e vi no caminho, por uma fresta de jardim, a nossa torre vermelha da igreja, de pedra de cantaria, de pé e bem conservada, e considerei também leve a avaria no pavilhão de ginástica. Mais adiante ficava solitária uma velha taberna, cujo telhado reconheci a distância. Ela estava como sempre, mas tinha um aspecto estranhamente mudado, eu não sabia imediatamente por quê. Somente quando fiz esforço para me lembrar exatamente é que me ocorreu que defronte da taberna havia dois grandes choupos. Esses choupos não estavam mais lá. Uma vista ancestralmente íntima estava destruída, um lugar querido estava profanado.

Então me subiu um mau pressentimento, de que mais coisas e coisas mais nobres podiam estar também arruinadas. Num assomo senti, com angustiante novidade, como eu amava a minha terra natal, o quão profundamente o meu coração e o meu bem-estar dependiam desses telhados e torres, pontes e travessas, das árvores, jardins e florestas. Com nova excitação e preocupação andei mais celeremente, até chegar no campo de festas do outro lado.

Ali fiquei quieto e vi o lugar de minhas mais queridas lembranças inominavelmente devastado e em completa destruição. As velhas castanheiras, em cujas sombras tínhamos nossos dias de festa, e cujos troncos nós, enquanto estudantes, quase não conseguíamos abraçar a três e a quatro, elas jaziam quebradas, rompidas, arrancadas com as raízes e emborcadas, buracos do tamanho de casas abertos no chão. Nem uma sequer mantinha-se ainda de pé em seu lugar, era um campo de batalha horroroso; e caídos também estavam as tílias e os bordos, árvore junto a árvore. O campo extenso era um monstruoso monte de escombros de galhos, troncos rachados, raízes e blocos de terra; troncos poderosos estavam ainda de pé no solo, mas sem árvore, partidos e contorcidos com mil estilhaços brancos, nus.

Não era possível seguir, campo e rua estavam entulhados até as alturas por troncos e ruínas de árvores aleatoriamente arrojados, e ali, onde desde os primeiros tempos de criança eu somente conhecera sombras profundas e sagradas, o céu vazio pairava enrijecido sobre a destruição.

Eu me sentia como se eu mesmo tivesse sido arrancado e cuspido com todas as raízes secretas, no dia implacavelmente deslumbrante. Por dias a fio eu passei por ali em volta e não achei nenhum caminho para a floresta, nenhuma sombra conhecida de nogueira, nenhum dos carvalhos da época de guri em que eu trepava, por toda parte extensa em volta da cidade apenas ruínas, buracos, declives da floresta partida aparados como grama, cadáveres de árvore em lamento, com o raizame desnudo virado para o sol. Entre mim e minha infância rasgara-se um abismo, e minha terra natal não era mais a antiga. O encanto e a insensatez dos anos que se evadiam de mim, e logo depois eu abandonei a cidade para tornar-me um homem e seguir a vida, cujas primeiras sombras haviam-me roçado naqueles dias.

Antigamente eu acreditava que deveria ser um especial deleite ser amado sem eu mesmo estar amando. Agora eu aprendia o quão doloroso é um amor que se oferece assim, sem poder ser correspondido. E, no entanto, eu tive um pouco de orgulho por ter sido amado por uma mulher desconhecida que me desejou como homem.

Essa pequena vaidade já significava para mim um pouco de restabelecimento... E também compreendia pouco a pouco e cada vez mais que a felicidade pouco tem a ver com a realização de desejos exteriores, e que o sofrimento de jovens apaixonados, por mais doloroso que seja, dispensa todo elemento trágico.

Amo mulheres

Amo mulheres que em priscos anos
Motivos foram para amor e canto.

Amo cidades cujas ruas ignaras
Gerações de monarcas deploraram

Amo cidades que então surgirão
Quando os de hoje não mais viverão.

Amo mulheres que ainda são planos
Belos e esguios no seio dos anos.

Refulgirão, quem sabe, como estrelas
Tão lindas, qual quando sonho com elas.

Naquela noite de verão

Encontrava-me deitado junto à janela aberta e assistia à água que corria de modo tão irresistível, tão regular e monótono e indiferente, rumo à noite e às lonjuras, quanto os dias vazios me escorriam, cada um dos quais poderia e deveria ter sido delicioso e imperdivelmente valioso, mas que se extinguia um após o outro sem valor e sem lembrança.

Assim iam as coisas havia semanas, e eu não sabia como e quando isso deveria mudar. Eu tinha 23 anos e passava o meu dia num escritório insignificante, onde, num trabalho indiferente, ganhava o dinheiro suficiente para poder alugar um pequeno quarto de sótão e comprar o estritamente necessário para me alimentar e me vestir. As noites, madrugadas e primeiras horas da manhã eu as desperdiçava matutando no meu quartinho, lendo alguns dos livros que eu possuía, desenhando de quando em quando e ruminando alguma invenção que eu cria já estar terminada, e cuja execução, entretanto, fracassara já umas cinco, dez, vinte vezes...

Naquela noite de domingo eu estava indeciso se deveria aceitar ou não o convite do diretor Gelbke para uma tertúlia familiar no jardim. Era-me indesejável estar entre pessoas e ter que falar e ouvir e dar resposta; para tanto, eu era cansado e apático demais e também seria novamente forçado a mentir, a agir como se eu estivesse bem e como se tudo estivesse em ordem comigo. Em contrapartida, era uma ideia agradável e consoladora saber que lá haveria algo para comer e um bom trago, que no fresco jardim haveria flores e ramalhetes perfumosos e caminhos tranquilos, que conduziriam por entre canteiros adornados e sob velhas árvores. O diretor Gelbke era, à exceção dos meus poucos colegas de trabalho na firma, meu único conhecido na cidade. O meu pai outrora prestara uma vez a ele, ou talvez ao seu pai, um serviço qualquer, e por conselho de minha mãe eu lhe fizera uma visita em casa faz dois anos, e agora vez por outra o simpático homem me convidava para a sua casa, sem me expor, contudo, a situações sociais para as quais minha educação e meu guarda-roupa não estivessem à altura.

A ideia de estar sentado no jardim fresco e arejado do diretor tornou para mim inteiramente insuportável o meu quarto estreito e abafado, de modo que eu decidi por ir-me. Vesti a minha melhor jaqueta, limpei o meu colarinho com borracha de apagar, escovei minha calça e botas e tranquei a porta atrás de mim por um hábito, embora nada houvesse ali para ladrão levar. Um pouco cansado, como eu sempre andava naqueles dias, desci a travessa estreita já escurecida, fui pela ponte movimentada e pelas ruas tranquilas do distinto bairro até a casa do diretor, que, quase do lado de fora da cidade, com traço senhorial, semirrural, antiquado e modesto, situava-se junto ao seu jardim cercado por muros. Olhei para cima, como já o fizera outras vezes junto à casa de construção larga e baixa, ao portão adornado por roseiras e às grossas janelas de cornijas largas, com uma nostalgia angustiada, puxei levemente o sino e entrei, passando pela criada, no corredor semiescuro com a excitada timidez de que eu era tomado quando diante de qualquer reunião com pessoas estranhas. Até o último minuto eu acalentara uma meia esperança de encontrar somente o senhor Gelbke com a sua esposa ou eventualmente com os filhos, mas agora vozes estranhas vindas do jardim avançavam em minha direção, e fui vacilante pela pequena sala até os caminhos do jardim, iluminados timidamente por poucas luminárias de papel.

A dona da casa veio em minha direção, deu-me a mão e levou-me por altos canteiros até um jardim disposto em círculo, onde a tertúlia sentava-se à luz de lâmpadas em duas mesas. O diretor cumprimentou-me com o seu jeito simpático e alegre, vários convivas acenaram-me com a cabeça, alguns dos convidados levantaram-se, eu ouvi chamarem nomes, murmurei um cumprimento, inclinei-me para algumas senhoras que resplandeciam em seus vestidos claros à luz das lâmpadas e me contemplavam por alguns instantes; então foi-me dada uma cadeira, e achei-me sentado no fundo, junto ao lado estreito de uma mesa, entre uma senhorita mais velha e uma garota jovem e bela. As damas descascavam laranjas, mas fui servido com um pão com manteiga, presunto e um copo de vinho. A mais velha olhou-me por algum tempo e então perguntou se eu não era um filólogo e se ela já não me havia encontrado aqui ou ali. Eu neguei e disse que era negociante, ou mais propriamente técnico, e comecei a lhe dar uma ideia sobre que tipo de pessoa eu era; mas, como ela logo voltou a olhar para outra parte e evidentemente não estava mais me ouvindo, calei-me e comecei a comer das boas comidas. Nisso levei, já que ninguém me molestava, um bom quarto de hora, pois ter à noite uma comida tão abundante e fina era, para mim, uma exceção festiva. Bebi então lentamente um copo do bom vinho branco e aguardei sentado e desocupado o que aconteceria.

Foi quando a jovem dama à minha direita, a quem eu ainda não dissera nenhuma palavra, virou-se para mim de supetão e ofereceu-me, com uma mão esbelta e maleável, uma metade descascada de laranja. Enquanto eu lhe agradecia e aceitava a fruta, senti-me inesperadamente alegre e bem e pensei que uma pessoa estranha não poderia se aproximar de outra de modo mais encantador do que através dessa apresentação tão simples e bela. Inicialmente contemplei a minha vizinha com atenção, e o que via era uma garota delicada e suave, talvez tão alta quanto eu, ou mais alta ainda, de formas quase débeis e com um rosto fino e belo. Assim ela me pareceu, pelo menos naquele instante, pois pude notar depois que ela era delicada e de membros esbeltos, mas vigorosa, ágil e segura. Assim que ela se levantou e deu uma voltinha, desapareceu em mim a ideia de uma delicadeza carente de proteção, pois, andando e movimentando-se, a garota era calma, orgulhosa e dona de si.

Comi a metade da laranja com cautela e me esforcei para dizer à garota palavras educadas e para me mostrar uma pessoa claramente honesta. Pois, subitamente, veio-me a suspeita de que ela poderia ter me observado antes, durante a minha refeição silenciosa, e agora me julgar um grosso que quando come esquece a sua vizinhança, ou um esfaimado, e isto me seria mais constrangedor, por ser desesperadoramente semelhante à verdade. Mas, então, o dom gracioso dela perdeu o sentido simples e tornou-se uma brincadeira, talvez mesmo uma zombaria. Mas a minha suspeita parecia infundada. A senhorita pelo menos falava e movimentava-se com uma calma despreocupada, acompanhava a minha fala com participação cortês e de forma alguma agia como se me considerasse um comilão sem cultura.

Contudo, a minha conversa com ela não era simples. Eu era naquele tempo tão mais avançado do que a maioria dos jovens da minha idade, no que dizia respeito a certas experiências de vida, quanto era mais atrasado do que eles no que se referia à formação exterior e ao exercício social. Uma conversa educada com uma jovem dama de maneiras finas era para mim certamente uma ousadia. Também percebi, após algum tempo, que a bela garota reparara na minha inferioridade e me poupava.

Isso me excitava, mas não me ajudava de forma alguma a superar a minha pesada timidez, antes me punha tão confuso que, apesar do agradável começo, eu logo caí num fatal estado de espírito de desalentada obstinação. E, quando a dama, após algum tempo, voltou-se para as conversas da outra mesa, eu não fiz qualquer tentativa de tê-la de volta comigo, mas permaneci sentado, com impertinência e melancolia, enquanto ela conversava com os outros com animação e vontade. Alguém me ofereceu uma caixa de charutos, eu catei um e fumei descontente e mudo pela noite azulada adentro. Logo em seguida, quando vários convidados se levantaram e começaram a passear, batendo papo pelos caminhos do jardim, levantei-me também discreto, fui para o lado e pus-me com o meu charuto atrás de uma árvore, onde ninguém me incomodaria e eu poderia observar de longe o agradável evento.

Conforme o meu modo meticuloso, que, para o meu pesar, nunca consegui modificar, aborreci-me e censurei-me por conta de meu comportamento tolamente teimoso sem que eu conseguisse me superar. Como ninguém se preocupava comigo, mas sem chegar à decisão de um inofensivo retorno, permaneci meia hora em meu esconderijo desnecessário, aparecendo com hesitação somente quando ouvi o dono da casa chamar por mim. Fui atraído pelo diretor para a sua mesa, respondi às suas bondosas perguntas sobre a minha vida e ocupação com respostas evasivas e encontrei-me pouco a pouco novamente junto a toda a sociedade. Evidentemente não fui poupado de uma pequena punição pela minha precipitada evasão. A garota esbelta sentava-se agora diante de mim, e, olhando-a mais detidamente, quanto mais ela me agradava mais eu me arrependia de minha deserção e tentava repetidamente retomar o contato com ela. Mas agora ela estava orgulhosa e fingia não ouvir minhas fracas iniciativas para uma nova conversa. Certo instante o seu olhar encontrou o meu, e eu pensei que ele seria de menosprezo ou mau humor, mas era apenas frio e indiferente.

A cinzenta e feia atmosfera cotidiana de miséria, ceticismo e vazio assomou-me novamente. Eu via o jardim, com caminhos levemente resplandecentes e belas folhagens escuras, as mesas cobertas de branco com lâmpadas, cascas de frutas, flores, peras e laranjas, os senhores bem-vestidos e as mulheres e garotas em blusas claras e bonitas, eu via mãos alvas de mulheres brincando com flores, sentia o aroma das frutas e a fumaça azul dos bons charutos, ouvia pessoas educadas e finas falarem satisfeitas e vívidas — e tudo isso me parecia apenas infinitamente estranho, impessoal e inatingível para mim, e até proibido. Eu era um penetra, um convidado suportado com cortesia, e talvez com comiseração, de um mundo bem pequeno e miserável. Eu era um simples operário anônimo e pobre, que tinha acalentado talvez por momentos sonhos de ascensão a uma existência mais fina e mais livre, mas que então havia muito recaíra na tenaz dificuldade de sua existência desesperançada.

Assim, aquela bela noite de verão e a alegre reunião dissiparam-se em mim num desconsolado mal-estar que eu, numa tola autoflagelação, obstinei-me em acentuar, em vez de alegrar-me pelo menos moderadamente com a agradável companhia. Às onze horas, quando os primeiros partiram, eu também me despedi de modo breve, e fui para casa pelo caminho mais curto até a cama. Pois, havia algum tempo, se apoderara de mim uma contínua apatia e uma vontade de dormir com as quais eu frequentemente lutava durante o horário de trabalho, e à qual eu involuntariamente sucumbia em todos os meus momentos de ócio.

Alguns dias transcorreram na habitual modorra. Já havia muito eu perdera a consciência de estar vivendo num triste estado de exceção; levava uma vida apática de uma indiferença gerada pela falta de ideias e via sem remorso horas e dias se esvaírem atrás de mim, dos quais cada instante significava um pedacinho irreversível de juventude e de tempo de vida. Movimentava-me como um relógio, levantava-me a tempo, deixava para trás o caminho para o trabalho, fazia meu pouco de trabalho mecanicamente, comprava pão e ovos para comer, ia novamente ao trabalho e deitava-me à noite junto à janela de minha água-furtada, onde eu frequentemente adormecia. Não pensava mais na noite do jardim na casa do diretor. Principalmente os dias desvaneciam sem deixar lembranças, e quando eu, às vezes, porventura me lembrava em sonho de outras épocas, eram de lembranças infantis que me encantavam como ecos de uma preexistência esquecida, transformada em fábula.

Aconteceu, então, de o destino novamente se lembrar de mim num quente meio-dia. Um italiano vestido de branco, com um estridente sino de mão e um pequeno carro, bimbalhava pelas travessas e vendia sorvete. Eu estava vindo do escritório e abandonei-me, talvez pela primeira vez depois de meses, a um desejo repentino. Esquecendo-me de minha economia regular e penosa, puxei uma moeda de meu moedeiro e mandei o italiano encher o pequeno recipiente de papel com um sorvete de frutas vermelhas, que consumi avidamente no corredor da casa. O refrigério gelado que me despertava parecia delicioso, consigo me lembrar que limpei o pratinho úmido lambendo com avidez. Em seguida comi o meu pão habitual em casa, tirei por uns instantes uma rápida soneca e retornei ao escritório. Ali eu me senti mal, e logo fui acometido por dores de barriga cruéis; segurei-me na borda da carteira e fiquei por algumas horas sofrendo suplícios dissimulados, e, após o término do horário de trabalho, corri apressado para um médico. Como tinha um seguro-saúde, fui encaminhado para um outro médico; mas este tirava as férias de verão e tive que seguir caminho mais uma vez até o seu substituto. Este eu encontrei em casa; era um senhor jovem, simpático, que me tratava quase como um igual. Quando, seguindo suas perguntas objetivas, descrevi-lhe bem precisamente as minhas circunstâncias e o meu dia a dia, ele sugeriu que eu fosse a um hospital, onde eu seria mais bem servido do que em minha má moradia. E, como eu não podia reprimir totalmente a minha dor, disse-me sorrindo: "O senhor nunca esteve tão doente?" De fato, depois de meus 10 ou 11 anos, nunca mais estive doente. Mas o médico disse quase indignado: "Com o seu modo de vida o senhor está se matando. Se o senhor não fosse tão resistente, já teria há muito ficado com certeza doente com essa alimentação. Agora o senhor vai levar um lembrete." Eu achei que ele estava falando por falar, com o seu relógio e os seus óculos dourados, mas vi mesmo que a minha infame situação tinha nos últimos tempos suas causas reais, e nisto senti certo alívio moral. Mas a minha dor violenta não me deixava pensar nem suspirar em paz. Apanhei o lembrete que o doutor me deu, agradeci e fui-me dali me apresentar num hospital para a execução das mais necessárias incumbências, onde, com as últimas energias, toquei o sino e tive que me sentar na escada para não desabar.

Fui recebido bem grosseiramente, mas como perceberam o meu estado de desamparo fui levado para um banho morno e então para a cama, onde, num crepúsculo de sofrimento e de leve gemidos, logo desapareceu toda minha consciência. Por três dias tive a sensação de que agora eu tinha de morrer e espantava-me diariamente que isso acontecesse tão trabalhosa, lenta e dolorosamente. Pois cada hora tornou-se para mim infinitamente longa, e, ao final dos três dias, senti como se eu estivesse lá havia várias semanas. Finalmente eu encontrava algumas horas de sono; ao despertar, eu readquiri o senso do tempo e a consciência de minha situação. Contudo, percebi simultaneamente quão fraco eu estava, pois qualquer movimento me dava trabalho, e mesmo o abrir e o fechar dos olhos me pareciam um pequeno esforço. Quando a irmã veio e olhou para mim, dirigi a ela as palavras e acreditei estar falando na altura de sempre, enquanto ela tinha que se inclinar e quase não conseguia me ouvir. Então compreendi que não havia pressa para voltar a me levantar e entreguei-me, sem muita dor durante certo tempo, à condição infantil de dependência do cuidado alheio. Pois levou também um bom tempo até que as minhas forças voltassem a despertar, já que a boca com o mínimo de comida voltava sempre a me causar dores e fadigas, mesmo que fosse apenas uma colher da sopa para doentes.

Nessa época estranha, para minha própria surpresa, eu não estava nem triste nem aborrecido. A obscura falta de sentido de minha desalentada vida errática nos últimos meses se tornou em mim cada vez mais evidente. Eu me assustava com aquilo em que eu quase me transformei e alegrava-me interiormente com a consciência recuperada. Era algo semelhante a ter estado dormindo por um longo tempo, e agora, finalmente acordado, eu permitia que os meus olhos e pensamentos se deleitassem com novo prazer. Com isso deu-se o fato de que, de todas as impressões e vivências nebulosas dessa época de melancólica opacidade, algumas, que eu quase cria esquecidas, estavam à minha frente com espantosa concretude e em cores flamejantes. Entre essas imagens, junto às quais eu agora me dava por satisfeito sozinho na enfermaria desconhecida, a que mais se sobressaía era a daquela garota esbelta que estivera sentada ao meu lado, no jardim do diretor Gelbke, e me oferecera a laranja. Eu não sabia o seu nome, mas conseguia nas boas horas imaginar com íntima clareza toda a sua figura e seu rosto delicado, como quando a gente consegue se lembrar geralmente apenas de velhos conhecidos, juntamente com o modo de seus movimentos, de sua fala e de sua voz; e tudo isso junto resultava numa imagem diante de cuja delicada beleza eu me sentia bem e quente, como um filho junto da mãe. Era como se eu necessariamente já a tivesse visto e conhecido em tempos idos, e sua graciosa visão, despreocupada de contradições, como uma acompanhante apartada das leis do tempo, logo entrou em todas as minhas lembranças, mesmo naquelas de minha infância. Eu contemplava essa figura ornamentada, que se havia imprevistamente tornado para mim próxima e valiosa, repetidamente com satisfação renovada, e aceitava a sua calma presença no mundo de meus pensamentos com uma naturalidade despreocupada, ainda que não ingrata, assim como a pessoa costuma aceitar na primavera o broto de cerejeira e no verão o aroma do feno, sem espanto ou excitação, e, no entanto, interiormente satisfeito.

Contudo, essa relação ingênua e pouco exigente com a minha bela imagem sonhada manteve-se apenas até eu cair de cama completamente debilitado e apartado da vida. Tão logo eu recuperava alguma força, suportava comer algo e conseguia novamente me virar na cama, em todo caso sem alguma exaustão extra, retornava-me a imagem da garota como que mais envergonhadamente distante, e, em vez de um bem-querer puro e desapaixonado, surgia um desejo ávido. Agora eu sentia inesperadamente, de modo cada vez mais constante, uma viva ânsia de pronunciar o nome daquela esbelta, sussurrá-lo com delicadeza e cantá-lo baixinho, e o fato de não saber esse nome transformou-se para mim num verdadeiro tormento.

Elisabeth

Na tua fronte, boca e mão
Achei, em primavera intensa,
Tão casta e fina sedução
Como a encontrei na Renascença.

Tu já vivias n'outros tempos
Contorno sedutor de bela
Flora em alegres paramentos
Que Botticelli pôs na tela.

A tua voz também dobrou
O coração do jovem Dante
Que ao te ver vivenciou
O paraíso por instantes.

Quão uma nuvem branca
Na elevação celeste,
Alva, bela e distante
Lá estás, Elisabeth.

A nuvem vai-se, ignota,
Sem ti, lá nas alturas.
Mas por teu sonho segue
Até a noite escura.

Em argênteo esplendor
Segue tão incansável,
Que anelas com doçura
Seu branco inefável.

"Quanto mais belo era, mais estranho me parecia"

FALANDO DE AMOR — NESSE assunto eu permaneci a vida inteira um garoto. Para mim, o amor por mulheres sempre foi uma adoração purificadora, uma chama alta desviada de minha melancolia, mãos levantadas para o céu azul em devoção. Traço oriundo de minha mãe, e também de um sentimento próprio e indefinido, eu sempre venerei as mulheres em sua totalidade como um sexo estranho, belo e enigmático, superior a nós por sua beleza inata e pela uniformidade existencial, e que temos que manter sagrado, por ser-nos distante como as estrelas e os cumes azuis das montanhas, e por parecer estar mais próximo de Deus. Como a vida rude sempre mete bastante o seu bedelho, o amor por mulheres me trouxe tanta coisa amarga quanto doce. É certo que as mulheres permaneceram sobre um alto pedestal; mas o meu festivo papel de sacerdote em adoração transformava-se com extrema facilidade no papel cômico-constrangedor do idiota idiotizado.

Rösi Girtanner encontrava-me quase todo dia quando eu ia à mesa. Uma donzela de 17 anos, que cresceu forte e maleável. De seu rosto fino e de um moreno frescor falava a calma e animada beleza que sua mãe ainda possuía à época, e que, antes desta, possuíram seus ascendentes e ancestrais. Dessa casa antiga, distinta e abençoada saíram de geração em geração uma série grande e bem-feita de mulheres, cada uma calma e distinta, cada uma fresca, nobre e de impecável beleza. Existe, pintado por um mestre desconhecido, um retrato de uma menina da família dos Fugger, do século XVI, e um dos quadros mais delicados que os meus olhos já viram. As mulheres Girtanner eram tão parecidas com ela, e assim também Rösi.

Evidentemente, eu ainda não sabia disso tudo naquela época. Eu apenas a via caminhar em sua dignidade calma e alegre e sentia a nobreza de sua existência simples. Sentava-me então matutando no crepúsculo da noite, até que conseguisse evocar para mim a sua imagem clara e presente; corria então sobre a minha alma de rapaz um temor doce e secreto. Mas logo acontecia de esses momentos de prazer se turvarem e me infligirem grandes e amargas dores. Sentia subitamente como ela me era estranha, que ela não me conhecia e não perguntava por mim, e que a bela imagem de meu sonho representava um roubo para a sua existência feliz. E, precisamente quando eu o sentia tão aguda e aflitivamente, eu via por instantes diante dos olhos a sua imagem tão verdadeira e tão ofegantemente vívida, que uma vaga escura e quente inundava o meu coração e me doía estranhamente até os pulsos mais distantes.

De dia, acontecia de a vaga retornar no meio de uma aula ou no meio de uma disputa violenta. Eu então fechava os olhos, deixava as mãos caírem e sentia-me deslizando num abismo morno, até que o chamado do professor ou o soco de um colega me despertasse. Eu me retirava, corria para o ar livre e olhava admirado para o mundo com estranha fantasia. Então via subitamente como tudo era colorido e bonito, como a luz e a respiração perpassavam todas as coisas, como o rio era verde-claro e como os telhados eram vermelhos e como as montanhas eram azuis. No entanto, toda essa beleza que me circundava não me distraía, antes eu a fruía silencioso e triste. Quanto mais belo era tudo, mais estranho me parecia, eu que não tomava parte nisso e ficava do lado de fora. Isso reconduzia meus vagos pensamentos para Rösi: se eu morresse nessa hora ela nem saberia, nem perguntaria por isso, nem ficaria triste!

Contudo, eu não ansiava ser notado por ela. Eu teria feito por ela ou lhe dado de presente algo inédito sem que ela soubesse de que isso viria.

E também fiz muita coisa por ela. Eu tinha acabado de entrar num breve período de férias e fui enviado para casa. Lá, eu realizava tudo quanto é coisa pesada, tudo o que me vinha à cabeça, em honra de Rösi. Escalava um pico difícil pelo lado mais íngreme. No lago, eu fazia viagens exageradas de bote, grandes distâncias em curto tempo. Após uma dessas viagens, por estar completamente exausto e morrendo de fome, ocorreu-me de permanecer até a noite sem comida e bebida. Tudo por Rösi Girtanner. Eu carregava o seu nome e sua celebração até encostas distantes e a fendas de rochas nunca visitadas... Os meus ombros se alargaram poderosamente, rosto e pescoço ficaram queimados, e em toda parte os músculos estendiam-se e inchavam.

No penúltimo dia de férias, eu trouxe para a minha amada uma trabalhosa oferenda de flores. Decerto que eu sabia onde ficavam as cotonárias, sobre estreitas faixas de terra em muitas encostas sedutoras, mas esse botão prateado mórbido, sem aroma e sem cor, sempre me parecera sem alma e pouco belo. Em compensação, eu conhecia alguns arbustos isolados de rosas alpinas, dispersos pelos sulcos de uma rocha saliente, de floração tardia e atraentemente difícil de ser alcançada. Bom, a coisa tinha que ser. E como nada é impossível para a juventude e para o amor, alcancei, por fim, o objetivo com as mãos raladas e com cãibras nas coxas... O meu coração vibrava e batia forte de vontade quando eu cortei cuidadosamente os galhos resistentes e retive o tesouro nas mãos. Tive que escalar de costas com as flores na boca, e só Deus sabe como eu, garoto abusado, cheguei são e salvo ao pé da encosta. Ao longo de toda a montanha o broto de rosas alpinas já havia desaparecido havia muito tempo, eu tinha na mão os últimos ramos do ano em botão e em delicada florescência.

No dia seguinte eu segurei as flores durante todas as cinco horas de viagem. No começo, o meu coração batia forte diante da cidade da bela Rösi, mas, quanto mais distante as altas montanhas ficavam, mais forte o amor nativo me atraía de volta. Lembro-me tão bem daquela viagem de trem! O Sennalpstock já estava há muito tempo fora do alcance da vista, mas então iam diminuindo também uma a uma as montanhas escarpadas anteriores, e cada uma desprendia-se de meu coração numa delicada sensação de dor. Agora, todas as montanhas familiares tinham submergido, e projetava-se uma paisagem extensa, baixa e verde-clara. Na minha primeira viagem isso não me comovera. Mas, desta vez, fui tomado pela intranquilidade, medo e tristeza, como se eu estivesse condenado a seguir viajando lá para terras cada vez mais planas, e a perder de modo irreversível a cidadania natal. Ao mesmo tempo, via sempre à minha frente o rosto belo e fino de Rösi, tão delicado e estranho e frio e despreocupado comigo que amargura e dor retinham-me a respiração. Localidades alegres e asseadas, com torres esbeltas e frontões brancos passavam deslizando uma após a outra diante das janelas, e as pessoas desembarcavam e embarcavam, falavam, cumprimentavam, riam e faziam graça — pura e simplesmente gente alegre das terras baixas, hábeis, francas e polidas —, e eu, garoto circunspecto das terras altas, sentava-me calado e triste e tenso ali no meio. Sentia que não estava mais em casa. Tinha a sensação de que fora arrancado para sempre das montanhas, mas que jamais seria um habitante das planuras, jamais tão alegre, tão hábil, tão desembaraçado e seguro. Alguém assim como esses sempre riria de mim, alguém assim se casaria algum dia com as Girtanner e alguém assim sempre atravessaria o meu caminho e estaria na dianteira.

Carreguei esses pensamentos até a cidade. Saltei lá após o primeiro letreiro de saudação junto ao sótão, abri minha caixa e retirei dela uma grande folha de papel. Não era do mais fino, e, quando enrolei nela as minhas rosas alpinas e dei o laço no embrulho com uma fita extra trazida de casa, não ficou parecendo uma dádiva de amor. Com seriedade, eu o levei até a rua onde morava o advogado Girtanner e, no primeiro momento favorável, passei pelo portão aberto, olhei um pouco à minha volta no corredor da casa na meia-luz noturna e depositei sobre a larga e magnífica escada o meu pacote informe.

Ninguém me viu, e eu nunca soube se Rösi recebeu o meu cumprimento. Mas eu tinha escalado a encosta e arriscado a minha vida para colocar um ramo de rosas sobre a escada de sua casa, e nisso havia algo de doce, triste-alegre, poético, que me fez bem, e que eu sinto até hoje.

Assim seguem os astros

Assim os astros seguem a estrada
Serenos e incompreendidos!
Tecemos mil laços vividos
De luz em luz segues alada.

Tua vida, um único fulgor!
Do abismo escuro, o braço estendo
Em ânsia só, por ti ardendo.
Sorris, sem compreender minha dor.

O senhor entende?

O senhor já esteve apaixonado, não é verdade? Algumas vezes, não é verdade? Já, já. Mas o senhor ainda não sabe o que é o amor. O senhor não sabe, eu digo. Talvez o senhor tenha chorado uma noite inteira? Dormido mal um mês inteiro? Talvez o senhor também tenha feito poemas e tenha também brincado um pouquinho com ideias de suicídio? Sei, eu conheço isso. Ei, mas isso não é amor. Amor é diferente.

Há dez anos eu ainda era um homem respeitável e pertencia à melhor sociedade. Eu era funcionário administrativo e oficial da reserva, era abastado e independente, mantinha um cavalo de equitação e um criado, morava confortavelmente e vivia bem. Assentos em camarote no teatro, viagens de verão, uma pequena coleção de arte, praticava equitação e vela, noites de solteiro com Bordeaux branco e tinto e desjejuns com espumantes e xerez.

Durante anos estive acostumado a esses troços todos e, no entanto, dispenso isso muito facilmente. Que importa, afinal, a comida e a bebida, cavalgadas e viagens, não é verdade? Um pouco de filosofia e tudo se torna dispensável e ridículo. Assim também a sociedade e a boa fama, e que as pessoas tirem o chapéu na sua frente; isto não é, afinal, essencial, ainda que decididamente agradável...

Morrer por uma mulher amada — pouca gente chega a isso hoje em dia. Seria evidentemente a coisa mais bela. — Ei, não me interrompa, por favor! Não falo do amor a dois, de beijar e dormir juntos e casar. Falo do amor transformado no sentimento único de uma vida. Esse permanece solitário, ainda que, como se diz, seja "correspondido". Ele consiste em direcionar com paixão todo o querer e a capacidade de uma pessoa para um único objetivo, transformando todo sacrifício em volúpia. Esse tipo de amor não quer ser feliz, ele quer arder, sofrer e destruir, ele é chama e não pode morrer antes de consumir a última coisa alcançável.

Não é necessário que o senhor saiba algo sobre a mulher que amei. Talvez ela tenha sido maravilhosamente bela, talvez apenas bonita. Talvez um gênio, talvez não. O que importa, meu Deus! Ela foi o abismo no qual tive que me lançar, ela foi a mão de Deus que um dia interveio na minha vida insignificante. E, dali em diante, essa vida insignificante foi grande e principesca, compreenda, de repente não era mais a vida de um homem de posição, mas de um Deus e um menino, frenética e insensata, queimava e chamejava.

Dali por diante tudo que anteriormente me era importante tornou-se indigno e tedioso. Eu deixava escapar coisas que nunca deixara escapar, inventava truques e empreendia viagens, apenas para ver aquela mulher sorrir por um instante.

Para ela eu era tudo o que podia então alegrá-la, para ela eu era alegre e sério, falador e mudo, correto e louco, rico e pobre. Quando ela notou o que se passava comigo, pôs-me à prova inúmeras vezes. Para mim era um prazer servi-la, era impossível ela inventar algo, imaginar um desejo que eu não realizasse como se fosse uma insignificância.

Ela então compreendeu que eu a amava mais do que qualquer outro homem, e vieram tempos tranquilos nos quais ela me compreendia e aceitava o meu amor. Víamo-nos mil vezes, viajamos juntos, fizemos o impossível para ficarmos juntos e enganarmos o mundo.

Agora eu estaria feliz. Ela me amava. E por um tempo eu também fui feliz, talvez.

Mas o meu destino não era conquistar essa mulher. Quando, por um tempo, gozei daquela felicidade e não precisei mais fazer sacrifício, quando obtive dela sem esforço um sorriso e um beijo e uma noite de amor, eu comecei a me inquietar. Eu não sabia o que estava faltando, tinha alcançado mais do que algum dia os meus mais ousados desejos haviam cobiçado. Mas eu estava intranquilo. Como eu disse, o meu destino não era conquistar essa mulher. Que isso tenha acontecido foi um acaso. O meu destino era sofrer em função de meu amor, e quando a posse da amada começou a curar e esfriar esse sofrimento, sobreveio-me a inquietação. Pude suportar isso por certo tempo, mas então, subitamente, fui movido para adiante. Eu abandonei a mulher. Entrei de férias e fiz uma grande viagem. Naquela época a minha riqueza estava já fortemente abalada, mas o que importava? Viajei e retornei depois de um ano. Uma estranha viagem! Mal parti, o fogo antigo recomeçou a queimar. Quanto mais eu me afastava, e quanto mais tempo tinha de viagem, mais tormentosa retornava a minha paixão; eu tolerei, me alegrei e segui viagem, continuamente por um ano, até que a chama se me tornou insuportável e me forçou novamente a me aproximar de minha amada.

Ali eu estava então, de volta ao lar, encontrando-a irada e amargamente ofendida. Não é verdade, ela se dedicara a mim e me fizera feliz, e eu a abandonara! Ela voltara a ter um amante, mas eu via que ela não o amava. Ela o aceitara para vingar-se de mim.

Eu não conseguia dizer-lhe ou escrever-lhe o que fora que me impelira para longe, e então de volta para ela. Eu mesmo o sabia? Portanto, recomecei a tentar conquistá-la e a brigar por ela. Fiz novamente extensos caminhos, deixava escapar coisa importante e dava grandes somas para ouvir dela uma palavra ou para vê-la sorrir. Ela abandonou o amante, mas logo ficou com outro, por não confiar mais em mim. Contudo, por vezes ela gostava de me ver. Às vezes num grupo à mesa, ou no teatro, seu olhar atravessava por cima de sua companhia e chegava até mim, estranhamente suave e questionador.

Ela sempre me julgara muito, muito rico. Eu despertara nela essa crença e mantive-a viva, apenas para poder sempre fazer alguma coisa por ela que ela não teria permitido a um homem pobre. Antes eu lhe dava presentes, o que agora não mais ocorria, e eu tinha que achar novos caminhos para poder lhe dar alegria e fazer sacrifícios. Eu organizava concertos nos quais as suas peças favoritas eram tocadas e cantadas por músicos que ela apreciava. Eu açambarcava camarotes para poder oferecer-lhe bilhetes de estreias. Ela se reacostumou a me mandar cuidar de mil coisas.

Eu estava num torvelinho infindável de negócios para ela. Minha riqueza estava exaurida, começaram então as dívidas e as artimanhas financeiras. Vendi minhas pinturas, minha porcelana antiga, meu cavalo de corrida, e, em contrapartida, comprei um automóvel que deveria estar à disposição dela.

Então a coisa foi tão longe que me vi diante do fim. Enquanto tinha a esperança de reconquistá-la, via minhas últimas fontes esgotadas. Mas eu não queria parar. Ainda possuía o meu cargo, minha influência, minha prestigiosa posição. De que serviriam, se não para servir a ela? Então cheguei a mentir e a malversar, a parar de temer o oficial de justiça, pois eu tinha que temer algo pior. Mas isso não foi em vão. Ela despachou também o segundo amante, e compreendi que, ou ela não arranjaria mais nenhum outro, ou ficaria comigo.

Ela também ficou comigo, sim. Isto é, ela viajou para a Suíça e permitiu que eu a acompanhasse. Na manhã seguinte apresentei uma solicitação de férias. Em vez de uma resposta, deu-se a minha prisão. Falsificação de documentos, malversação de dinheiro público. Não diga nada, não é necessário. Eu já sei. Mas o senhor sabe que ser achincalhado e punido, e perder a última roupa do corpo, também isto era fogo e paixão e recompensa amorosa? O senhor entende isso, senhor jovem apaixonado?

A chama

S<small>E EM FARRAPOS VAIS DESPREOCUPADO</small>
Ou se o coração gastas em dor,
Redescobres o milagre ao lado
Que tens da vida a chama ao seu dispor.

Muitos têm-na alta e pequenina,
Ébrios, do momento extasiados.
Outros, mansos, legam sua sina
Aos filhos, ao mundo recém-chegados.

Mas em vão são os dias daquele
Cujas sendas turvam sua visão
Para quem o enfado não repele
E não vê chama, vê escuridão.

Q<small>UE UMA PESSOA NÃO POSSA</small> receber e ter somente para si aquela que ama isso é a coisa mais comum de todos os destinos, e superar isso significa: subtrair desse objeto o excedente de paixão e devoção que se tem pelo seu amor e orientá-lo para outros objetivos. Para o trabalho, para a cooperação social, a arte. Este é o caminho no qual o seu amor pode tornar-se fecundo e significativo. O fogo, junto ao qual o senhor põe para arder apenas o próprio coração, não é sua propriedade exclusiva, ele pertence ao mundo, à humanidade, e transforma-se de martírio em alegria, quando o senhor o faz fecundo.

NÃO É NENHUMA FELICIDADE SER amado. Toda pessoa ama a si própria, mas amar, isto é felicidade.

"Quando eu tinha 16 anos"

QUANDO EU TINHA 16 ANOS, eu via, com uma melancolia estranha e talvez precoce, as alegrias do tempo de garoto ficando estranhas para mim e se extraviando. Via o meu irmão mais novo construindo canais de areia, arremessar lanças e caçar borboletas, e invejava o prazer com que ele fazia isso, e de cujo ardor apaixonado eu ainda podia me lembrar tão bem. Eu o havia perdido, não sabia quando nem por quê, e, como eu ainda não podia partilhar direito dos prazeres dos adultos, em seu lugar surgira um estado de insatisfação e nostalgia.

Com zelo inquieto, mas sem perseverança, eu me ocupava ora com história, ora com ciências naturais, fazia diariamente, varando a madrugada, preparados botânicos durante uma semana inteira, e então, novamente por 14 dias, não fazia mais nada além de ler Goethe. Eu me sentia sozinho e, a contragosto, apartado de todas as minhas relações com a vida buscava instintivamente superar esse hiato entre a vida e mim aprendendo, sabendo, conhecendo. Pela primeira vez concebia o nosso jardim como uma parte da cidade e do vale, o vale como uma fratura na serra, a serra como uma parte claramente delimitada da superfície terrestre.

Pela primeira vez eu considerava as estrelas como corpos celestes, as formas das montanhas como produtos surgidos necessariamente das forças terrestres, e pela primeira vez eu concebia naquela época a história dos povos como uma parte da história da Terra. Eu ainda não sabia naquela época expressá-lo ou lhe chamar pelo nome, mas isso existia em mim e tinha vida.

Em suma, eu comecei naquele momento a pensar. Assim, eu reconhecia a minha vida como algo condicionado e limitado, e com isso despertava em mim aquele desejo, que o menino ainda não conhece, o desejo de fazer da minha vida a melhor e a mais bela possível. Suponho que todas as pessoas jovens vivem aproximadamente a mesma coisa, mas eu a estou contando como se esta tenha sido uma vivência inteiramente individual, que para mim, também, foi mesmo.

Insatisfeito e consumido pela nostalgia do inalcançável, fui vivendo uns meses, aplicado e inconstante, ardendo, mas exigindo calor. Nesse meio-tempo, a natureza foi mais esperta que eu, dando resposta para o penoso enigma de minha condição. Um dia encontrei-me apaixonado e pude reaver inesperadamente todos os meus laços com a vida, mais fortes e múltiplos do que nunca.

Desde então eu tinha horas e dias maiores e mais prazerosos, mas nunca mais aquelas semanas e meses, tão quentes e tão plenos de um sentimento permanentemente fluente.

Não quero contar a história de meu primeiro amor, ela pouco interessa, e as circunstâncias exteriores poderiam ter sido igual e inteiramente diversas. Mas gostaria de tentar descrever a vida que eu levava à época, ainda que eu saiba que não vou conseguir. A arrebatada busca não tinha fim. Encontrava-me subitamente no meio do mundo vivo, e vinculado à Terra e aos homens por meio de milhares de fibras enraizadas. Meus sentidos pareciam modificados, mais precisos e animados. Particularmente a visão. Eu via bem diferente de antes. Via mais de modo mais claro e colorido, como um artista, sentia alegria no puro visualizar.

O jardim de meu pai estava no esplendor de verão. Ali estavam, florescentes, arbustos e árvores com espessas ramagens de verão de encontro ao céu profundo; a hera escalava o alto muro de contenção, e, acima desses, repousava a montanha com rochas avermelhadas e a floresta de pinheiros num azul escurecido. E eu ali, vendo isso, comovido pelo fato de cada coisa singular estar tão espantosamente bela e viva, colorida e radiante. Várias flores moviam-se tão delicadamente em suas hastes e avistavam-se de dentro de seus cálices tão comoventemente finas e íntimas que eu as amava e as fruía, como canções de um poeta. Igualmente, muitos ruídos, que nunca atentara antes, chamavam agora a minha atenção, falavam comigo e me mantinham ocupado: o som do vento nos pinheiros e na grama, o estridular dos grilos nas campinas, o trovão de tempestades longínquas, o marulhar do rio na barragem e as muitas vozes dos pássaros. À noite, eu via e ouvia o moscaréu no lusco-fusco dourado, e auscultava os sapos na lagoa. Milhares de coisas ínfimas se me tornaram subitamente queridas e importantes, e me comoviam como vivências. Por exemplo, quando pela manhã eu regava, por passatempo, uns canteiros no jardim, e a terra e as raízes bebiam tão agradecidas e ávidas. Ou quando eu via uma pequena borboleta azul adejar como bêbada no brilho do meio-dia. Ou quando eu observava a metamorfose de uma jovem rosa. Ou quando, à noite, deixava minha mão pender da canoa dentro da água, sentindo o fluir macio e morno do rio entre os dedos.

Enquanto me torturava a dor de um primeiro amor perplexo, e enquanto me agitavam uma incompreendida necessidade, uma nostalgia diária, esperança e decepção, eu era, não obstante a melancolia e o medo de amar, a todo instante e no mais fundo do meu coração, feliz. Tudo à minha volta me era querido e tinha algo a me dizer, não havia nada morto ou vazio no mundo. Isso nunca mais se perdeu em mim inteiramente, mas também nunca mais me retornou tão forte e continuamente. E, vivenciar isso novamente, fazê-lo novamente meu e fixá-lo para mim, tal é hoje a minha ideia de felicidade.

Quer ouvir mais? Na verdade, desde aquele tempo até hoje eu tenho estado apaixonado. De tudo o que conheci, nada me pareceu mais nobre e fogoso e arrebatador do que o amor por mulheres. Nem sempre tive relações com mulheres ou garotas nem sempre amei conscientemente uma em particular, mas meus pensamentos sempre estiveram ocupados com o amor, e minha veneração pelo belo foi mesmo uma permanente adoração das mulheres.

Não quero contar para o senhor histórias de amor. Tive uma vez uma amada, durante alguns meses, e colhi de passagem, eventualmente, de modo não intencional, um beijo e um olhar e uma noite de amor; mas, quando eu realmente amei, foi sempre algo infeliz. E se me recordo com exatidão, os sofrimentos de um amor desesperançado, o medo e a vacilação e as noites insones foram, na verdade, algo muito mais belo do que todos os êxitos e casos felizes.

Canção à amada na fria primavera

Na fria sala soam as horas
Sete, oito ou nove.
Não conto, apenas ouço agora
Quão baixinho elas se movem.

Aladas qual bando invernal
São brisas que afagam as neves
Não fazem bem,
Não causam mal,
Mas tua ausência me descrevem.

Lembranças

Num canto quieto, onde uma rocha larga me protegia da tempestade, eu comia o meu pão do meio-dia. Pão-preto, salsicha e queijo. A primeira mordida num sanduíche, após algumas horas marchando sobre a montanha num vento forte

— isso é um prazer, quase o único que, entre as alegrias de menino, possuía ainda todo o elemento penetrantemente delicioso, que deleita até a saciação.

Amanhã, talvez, chegarei ao lugar em Buchenwald onde eu recebi o primeiro beijo de Julie. Numa excursão da Associação Civil Concórdia, na qual ingressei por causa de Julie. No dia seguinte à excursão, eu me desassociei.

E depois de amanhã, talvez, se tiver sorte, vou revê-la. Ela se casou com um comerciante abastado que se chama Herschel e deve ter três filhos, dos quais uma se parece gritantemente com ela e também se chama Julie. Mais eu não sei; também, é mais do que suficiente.

Mas também sei precisamente como eu lhe escrevi do estrangeiro, um ano após a minha partida, que não tinha perspectiva de trabalho nem de salário, e que ela não precisaria esperar por mim. Ela escreveu de volta que eu não deveria tornar as coisas difíceis para mim e para ela. Ela estaria lá quando eu voltasse, fosse cedo ou tarde. E, no entanto, meio ano depois ela escreveu novamente e pediu para eu liberá-la para aquele Herschel, e, com a dor e a ira do primeiro momento, eu não escrevi nenhuma carta, e sim lhe telegrafei com o meu último dinheiro, quatro ou cinco palavras burocráticas. Elas foram pelo mar e eram irreversíveis.

As coisas acontecem tão loucamente na vida! Tenha sido por acaso ou por ironia do destino, ou aconteceu pela coragem do desespero, mal a felicidade amorosa jazeu em cacos, então veio o sucesso e o lucro e o dinheiro, como por encanto; mas o inesperado foi alcançado no jogo e, no entanto, não tinha valor. O destino tem caprichos, pensei, e bebi com camaradas em dois dias e noites uma sacola cheia de notas de banco.

Mas não fiquei muito tempo pensando nessas histórias, quando, após a minha refeição, joguei fora ao vento a embalagem vazia de salsichas e, enrolado no casaco, fiz o descanso do meio-dia. Preferi pensar no meu amor àquela época, e na figura e rosto de Julie, o rosto fino com as sobrancelhas nobres e grandes olhos escuros. E preferi me lembrar daquele dia em Buchenwald, como ela lenta e resistentemente cedeu, e então tremeu com os meus beijos, e então finalmente beijou de volta, e bem baixinho, como saindo de um sonho, sorriu, enquanto lágrimas ainda brilhavam de seus cílios.

Coisas passadas! Mas o melhor ali não foram os beijos e os passeios juntos e os segredinhos à noite. O melhor foi a força que me fluiu daquele amor, a força alegre de viver para ela, de brigar, de pôr a mão no fogo por ela. Poder se lançar por um instante, poder sacrificar anos pelo sorriso de uma mulher, isto é felicidade. E isto eu não perdi.

Quão difíceis estão...

Quão difíceis estão os dias!
Nenhum fogo me pode aquecer,
Nenhum sorriso do sol me agracia,
Está tudo vazio,
Está tudo frio, foi-se o compadecer,
E mesmo os astros, amáveis como são,
Olham-me com desconsolo tal

Desde que eu soube no coração
Que o amor não é imortal.

Amor

O SENHOR THOMAS HÖPFNER, MEU amigo, é, sem dúvida, dentre todos os meus conhecidos, aquele que mais experiência tem no amor. Pelo menos ele gosta de muitas mulheres; conhece de longo exercício as artes do cortejo, e pode se gabar de muitas conquistas. Quando ele me conta dessas coisas, eu fico me sentindo um garoto de escola. Por outro lado, eu acho, cá com os meus botões, que da essência do amor ele propriamente não entende mais do que algum de nós. Eu não creio que ele em sua vida tenha atravessado com frequência noites em claro chorando. Em todo caso, ele raramente precisou disso, e tenho que admitir que, apesar dos seus sucessos, ele não é uma pessoa contente. Não raramente o vejo tomado por uma certa melancolia, e toda a sua aparência possui algo de resignadamente tranquilo, apagado, que não parece exatamente saciedade.

Bem, são suposições, e talvez equívocos. Com psicologia podem-se escrever livros, mas não sondar pessoas, e eu nem mesmo sou psicólogo. Mesmo assim parece-me, por vezes, que o meu amigo Thomas é somente um virtuoso no jogo do amor porque lhe falta algo para o amor que não seja mais jogo, e que por isso ele seria um melancólico, por reconhecer e lamentar em si mesmo essa carência. Puras suposições, talvez equívocos.

O que ele me contou recentemente sobre a senhora Förster pareceu-me estranho, embora não tenha se tratado propriamente de uma vivência ou mesmo aventura, e sim de uma atmosfera, uma anedota lírica.

Encontrei-me com Höpfner exatamente quando ele queria deixar o "Estrela Azul" e convenci-o a tomar uma garrafa de vinho. Para compeli-lo a gastar com uma bebida melhor, encomendei uma garrafa do Mosela habitual, que eu mesmo geralmente não bebo. Indignado, ele chamou o taberneiro de volta.

"Mosela não, espere!"

E fez vir uma marca fina. Para mim era bom, e, com um bom vinho, logo estávamos conversando. Cautelosamente levei a conversa para a senhora Förster. Uma bela mulher com pouco mais de trinta anos, que não morava na cidade há muito tempo e que tinha a fama de ter tido muitos casos. O marido era uma nulidade. Há pouco eu soubera que o meu amigo se relacionara com ela.

"Bem, a Förster", finalmente condescendeu, "já que ela te interessa tanto. O que eu tenho para dizer? Não tive nada com ela."

"Nadinha?"

"Bom, como queira. Nada que eu possa propriamente contar. Teria que ser um poeta."

Eu ri.

"Você não tem geralmente grande consideração pelos poetas."

"Por que teria? Poetas são em sua maioria pessoas que não vivenciaram nada. Posso lhe dizer que mil coisas já aconteceram na minha vida que deveriam ter sido escritas. Eu sempre pensei: por que um poeta não vivencia também algo assim, para que isso não desapareça. Vocês fazem sempre um barulho dos diabos por coisas evidentes, qualquer porcaria basta para uma novela inteira."

"E isso com a senhora Förster? Daria também uma novela?"

"Não. Um esboço, um poema. Um clima, sabe."

"Bom, estou escutando."

"Bem, eu achava a mulher interessante. Você sabe o que se fala dela. Tanto quanto eu pude observar de longe, ela deve ter muito passado. Parecia-me que ela tinha amado e conhecido todos os tipos de homens, não suportando nenhum por muito tempo. Nisso ela era bonita."

"O que você está chamando de bonita?"

"Muito simples, ela não tem nada de supérfluo, nada sobrando. Seu corpo é desenvolvido, contido, subordinado à sua vontade. Nada nela é indisciplinado, nada recusado, nada é negligente. Eu não consigo imaginar uma situação da qual ela não tenha ainda extraído o máximo possível de beleza. Exatamente isso me atraía, pois, para mim, o ingênuo é no mais das vezes tedioso. Procuro beleza consciente, formas educadas, cultura. Ora, nada de teorias!"

"De preferência."

"Deixei-me, portanto, introduzir, e fui algumas vezes lá. Ela não tinha à época qualquer amante, isso era fácil de notar. O marido era uma figura de porcelana. Comecei a me aproximar. Alguns olhares sobre a mesa, uma palavra em voz baixa no brinde com a taça de vinho, um beijo de mão longo demais. Ela o tolerou, esperando o que viria. Assim, fiz-lhe uma visita numa hora em que ela devia estar sozinha e fui aceito.

Quando me encontrei sentado diante dela, notei rapidamente que ali não cabia método algum. Por isso, fui para o tudo ou nada e lhe disse simplesmente que estava apaixonado e que me punha à sua disposição. Ali se atou mais ou menos o seguinte diálogo:

'Vamos falar de algo mais interessante.'

'Não há nada que me interesse mais do que a senhora, madame. Vim para dizer-lhe isso. Se isso a entedia, eu vou embora.'

'Bem, o que o senhor quer de mim?'

'Amor, madame.'

'Amor! Eu quase não o conheço e não o amo.'

'A senhora verá que não estou brincando. Eu lhe ofereço tudo o que eu sou, e o que posso fazer, e poderei fazer muito, se for pela senhora.'

'Sim, isso todos dizem. Não há nunca algo de novo nas declarações de amor de vocês. O que o senhor quer fazer para me arrebatar? Se o senhor realmente amasse, teria feito há muito tempo alguma coisa.'

'O quê, por exemplo?'

'Isso o senhor mesmo deveria saber. O senhor poderia ter jejuado por oito dias, ou ter se matado, ou pelo menos ter feito poesias.'

'Não sou poeta.'

'Por que não? Quem ama assim, da única maneira que se deve amar, torna-se poeta e herói por um sorriso, por um aceno, por uma palavra daquela que ama. Se as suas poesias não forem boas, serão, contudo, quentes e cheias de amor.'

'A senhora tem razão, madame. Eu não sou poeta, nem herói, e não vou me matar. Ou, se eu o fizesse, seria pela dor de não ter meu amor tão forte e ardente como a senhora pode exigir. Porém, em vez de tudo isso eu tenho algo, uma pequena vantagem em relação ao seu amante ideal: eu compreendo a senhora.'

'O que o senhor compreende?'

'Que a senhora sente nostalgia como eu. A senhora não anseia por um amado, mas sim deseja amar, amar inteira e absurdamente. E isso a senhora não consegue.'

'O senhor acha?'

99

'Acho. A senhora procura o amor como eu o procuro. Não é assim?'

'Talvez.'

'Por isso não posso servir para a senhora e não irei mais importuná-la. Mas talvez me diga ainda, antes que eu vá, se a senhora uma vez, alguma que seja, encontrou o verdadeiro amor.'

'Uma vez, talvez. Já que chegamos até aqui, o senhor pode sabê-lo. Foi há três anos. Então tive pela primeira vez a sensação de ser verdadeiramente amada.'

'Posso continuar com a pergunta?'

'Por mim. Então veio um homem e me conheceu e me amou. E como eu era casada, ele não me disse isso. E, quando ele viu que eu não amava o meu marido e que eu tinha um favorito, ele veio e me sugeriu que eu desfizesse o casamento. Isso não foi possível e dali em diante esse homem preocupou-se comigo, vigiou-nos, advertiu-me e tornou-se meu bom socorro e amigo. E quando eu, por sua causa, despachei o favorito e fiquei disposta a aceitá-lo, ele desdenhou de mim e se foi e nunca mais voltou. Esse me amou; além dele, nenhum.'

'Compreendo.'

'Bom, agora o senhor vai, não vai? Talvez já tenhamos dito um ao outro coisas demais.'

'Passe bem. É melhor, não voltarei.'"

Meu amigo calou-se, chamou depois de algum tempo o taberneiro, pagou e se foi. E dessa história, entre outras coisas, eu deduzo que lhe falta a aptidão para o verdadeiro amor. Ele mesmo o pronunciou. E, no entanto, não se deve acreditar minimamente na pessoa quando ela fala de suas carências. Muitos se consideram completos apenas por exigir pouco de si. Isso não o faz o meu amigo, e pode ser que precisamente o seu ideal de amor verdadeiro o tenha tornado assim, como ele é. Talvez o esperto homem também tenha me tapeado, e aquela conversa com a senhora Förster possivelmente tenha sido apenas uma invenção. Pois ele é um poeta secreto, ainda que proteste contra essa afirmação.

Meras suposições, talvez equívocos.

PELA RAZÃO E A LÓGICA a vida não dá ensejo nem à alegria nem à tristeza. Mas é possível que estraguemos consideravelmente o valor, a vida e o sentido de nossos "humores" se quisermos subordiná-los todos à razão. O amor é o melhor exemplo disso. Quem alguma vez amou pela razão ou por vontade? Não, o amor se sofre; mas, quanto mais devotado se o sofre, mais forte ele nos faz.

Em troça

O MEU CANTO ESTÁ
À tua porta
E bate e pede para entrar:
Tu não te importas?

O meu canto tem
Um som de seda
Qual o sussurrar de teu vestido
Na alameda.

O meu canto exala
Aroma fino
Como em teu sítio favorito
O hiacinto.

O meu canto veste
Forte carmim,
Que, qual a seda de tua saia,
Arde sem fim.

Meus mais belos cantos
A ti evocam.
À porta pedem para entrar:
Tu não te importas?

NA VIVÊNCIA PESSOAL DIÁRIA, CADA um de nós faz a velha descoberta de que nenhuma relação, nenhuma amizade, nenhum sentimento, ao qual não portamos sangue do próprio sangue, amor e convívio, sacrifício e lutas, nos permanece fiel e é confiável. Cada um sabe e vivencia o quão fácil é apaixonar-se e quão difícil e belo é amar realmente. O amor, como todos os valores verdadeiros, não é adquirível. Existe um prazer adquirível, mas não um amor adquirível.

EU ME LEMBRAVA DE TODAS as imagens de mulher, diante das quais eu me ajoelhava nos tempos de garoto — disposto a presentear-lhes com o que me era mais querido e melhor, apenas para aproximar-me do interior da vida, apenas para achar uma resposta para a voz que interrogava obscura dentro de mim.

Nós ficamos mais velhos, tornamo-nos homens, abre-se uma clareira no topo da cabeça, e encontramos nosso descanso. Mas, o que acontece com aquelas mulheres, com as garotas pelas quais fizemos outrora tantos desvios nostálgicos, que nos presentearam com o primeiro brilho matutino do amor? O que elas sentem quando as deixamos? E o que elas sentem, quando, no fim de uma juventude rica em grandes sonhos, dizem sim ao último e lhe dão a mão? Nós, homens, tocamos centenas de coisas, nós criamos e pesquisamos e trabalhamos, temos cargo e profissão e uma porção de pequenas alegrias e pequenos vícios, mas o que têm elas, as mulheres que somente vivem no amor, que somente podem ter a esperança do amor? Quão raramente acontece de aquele último ter para dar somente uma pequena parte do que os primeiros, os jovens e tímido-ousados adoradores, prometeram, apresentaram poeticamente e mentiram!... Eu lembrei-me daquilo que todos nós um dia, ainda garotos, ainda garotos ousados e atrevidos, esperamos da vida como bem de direito. E disso quão desesperadamente pouco tornou-se realidade. E, no entanto, a vida é boa, e é bela, e nos toca o dia todo com as suas forças sagradas. Com as pobres garotas talvez aconteça no amor a mesma coisa. Fazem para elas narrações sobre florestas encantadas e jardins iluminados pelas luas, e elas depois encontram um tosco pedaço de chão onde, em vez de rosas, crescem ervas rasteiras. Elas fazem dessas um buquê e o põem na janela; e à noite, quando a escuridão dissolve as cores e quando o vento cantante aproxima-se das regiões distantes, elas acariciam o seu buquê e sorriem, e é como se fossem rosas, e como se a terra lavrada lá fora fosse um jardim encantado.

Aliás, não existe nada mais inútil do que refletir sobre alguém que se ama.

Taedium vitae

Sinto a solidão como um lago congelado à minha volta, sinto a vergonha e a insensatez dessa vida, sinto a dor pela juventude perdida flamejando furiosamente. Dói, é claro, mas é dor, é vergonha, é tormento, é vida, pensamento, consciência...

E, em vez de resposta, a qual eu não espero, eu encontro novas perguntas. Por exemplo: foi há quanto tempo? Quando foi a última vez em que você foi jovem?

Eu reflito, e a lembrança congelada torna-se lentamente fluida, movimenta-se, descerra olhos inseguros e irradia subitamente as suas claras imagens, que dormiam inextintas sob o manto da morte. De início quer me parecer que as imagens seriam tremendamente antigas, de pelo menos dez anos atrás. Mas a sensação de tempo, afetada pela surdez, torna-se claramente mais ativa, ordena o critério esquecido, avalia e mede. Eu me dou conta de que tudo se encontra muito mais próximo, junto, e também a consciência da identidade, até então desfalecida, abre os seus olhos orgulhosos e aquiesce de modo confirmador e atrevido às coisas mais inverossímeis. Ela anda de imagem em imagem e diz: "É, este era eu", e, assim, cada imagem retira-se imediatamente de seu repouso contemplativo de beleza ausente e torna-se um pedaço de vida, um pedaço de minha vida. A consciência da identidade é uma coisa mágica, e mesmo alegre de se ver, e, no entanto, inquietante. A gente a possui e pode, sim, viver sem ela; e a gente faz isso bastante, se não na maioria das vezes. Ela é magnífica, pois aniquila o tempo, e é ruim, pois nega o progresso.

As funções despertadas trabalham e constatam que uma vez, numa noite, encontrava-me eu em plena posse de minha juventude, e que isso foi há somente um ano. Foi uma experiência insignificante, pequena demais para que a sua sombra possa ser o que hoje faz a minha vida tanto tempo sem brilho. Foi uma experiência, e como fazia semanas, talvez meses inteiros sem experiências, ela me parece uma coisa maravilhosa, um paraisozinho, e tem um efeito mais importante do que o necessário. Mas ela me é querida, sou infinitamente grato por ela. Proporciona-me uma hora boa. As estantes de livro, o quarto, a estufa, a chuva, o quarto de dormir, a solidão, tudo se dissolve, flui, funde-se no além. Eu movimento por uma hora os membros liberados.

Foi há um ano, no final de novembro, e o tempo era semelhante ao de agora, só que estava alegre e tinha um sentido. Chovia muito, mas numa bela melodia, e eu não a fiquei escutando da escrivaninha, mas dei uma volta lá fora de casaco e sobre sapatos elásticos de borracha e contemplei a cidade. Da mesma forma que a chuva, o meu andar e meus movimentos e minha respiração não eram mecânicos, mas belos, espontâneos, cheios de sentido. Mesmo os dias não minguavam tão natimortos; eles transcorriam compassados, com altos e baixos, e as noites eram ridiculamente breves e refrescantes, pequenas horas de pausa entre dois dias, contadas somente pelas horas. Como é magnífico passar assim suas noites, gastar um terço de sua vida de humor confiante, em vez de ficar ali deitado e contar os minutos, dos quais nenhum possui o menor valor.

A cidade era Munique. Eu tinha viajado para lá para cuidar de um negócio, do que eu depois me desincumbi por cartas, pois encontrei tantos amigos, vi e ouvi tanta coisa bonita que era impossível pensar em negócios. Numa noite estava eu sentado num salão belo e admiravelmente iluminado, ouvindo um pequeno francês de ombros largos, Lamond, tocando peças de Beethoven. A luz brilhava, os belos vestidos das damas fulguravam cheios de alegria e, atravessando o alto salão, voavam grandes anjos brancos, anunciando juízos e alegres mensagens, despejando cornucópias de prazer e chorando em soluços atrás de mãos estendidas e transparentes.

Numa manhã, após uma noitada de bebidas, eu atravessei com amigos o jardim inglês, cantei canções e bebi café no Aumeister. Antes do meio-dia, encontrei-me totalmente cercado de pinturas, de reproduções, de pradarias em florestas e de praias, muitas das quais, maravilhosamente sustentadas, respiravam paradisiacamente como uma criação recente, imaculada. À noite eu via o brilho das vitrines, infinitamente belo e perigoso para as pessoas do campo, vi fotografias e livros expostos, e chávenas cheias de flores de países estrangeiros, charutos caros embrulhados em papel prateado e finos artigos de couro de risonha elegância. Vi lâmpadas elétricas relampagueando em reflexos nas ruas úmidas, e as cúpulas de velhas torres de igreja desaparecendo em crepúsculos de nuvens.

Com tudo isso, o tempo corria rápida e levemente, como um copo que se esvazia, do qual cada gole proporciona prazer. Era noite, eu tinha feito minha mala e tinha que viajar no dia seguinte, sem que isso me fosse penoso. Alegrava-me já pela viagem de trem pelas aldeias, florestas e montanhas já cobertas de neve, e pelo retorno ao lar.

Recebi convite para a noite, numa bela casa nova numa rua distinta no Schwabing, onde tudo se passou bem nas conversas animadas e com comidas finas. Ali também se encontravam algumas mulheres, mas sou tão envergonhado e travado no intercâmbio com elas que preferi manter-me junto aos homens. Bebíamos vinho branco de cálices de vidro delgados e fumávamos bons charutos, cujas cinzas deixávamos cair em cinzeiros prateados; dourados por dentro. Falávamos alto e delicadamente, com fogo e com ironia, sérios e jocosos, e olhávamos nos olhos com esperteza e animação.

Somente mais tarde, quando a noite já havia se passado e a conversa dos homens havia se voltado para a política, da qual entendo pouco, eu olhei para as damas convidadas. Elas eram distraídas por alguns jovens pintores e escultores, certamente pobres-diabos, mas estavam todos vestidos com grande elegância, de modo que diante deles eu não conseguia ter pena, e sim necessariamente atenção e respeito. Mas eu também era admitido por eles com tal amabilidade e, enquanto convidado de fora vindo do campo, era tão simpaticamente encorajado que pus de lado minha timidez e fraternalmente entabulei conversa com eles. Além disso, lancei olhares sobre as jovens damas.

Descobri entre elas uma bem jovem, talvez de 19 anos, com cabelos de um louro claro, infantis, e um rosto estreito e de olhos azuis como em contos de fadas. Ela usava um vestido claro com enfeites azuis e estava atenta e satisfeita sentada em sua poltrona. Eu quase não a via; ali a sua estrela se me fez notar, fazendo o meu coração perceber a sua fina figura e a sua inocente beleza interior, e fazendo captar a melodia na qual ela se movia enleada. Uma alegria e emoção calma fizeram o meu coração bater leve e rapidamente, e eu teria dirigido a ela algumas palavras, mas eu não sabia dizer algo convincente. Ela mesma falava pouco, apenas sorria, assentia, e entoava respostas breves com uma voz leve, num adejar encantador. Sobre o seu fino pulso repousava um punho rendado, do qual se destacava com animação infantil a mão com os delicados dedos. O seu pé, balançado ludicamente, estava calçado com uma bota delicada e alta de couro marrom, e a sua forma e tamanho guardavam, assim como a de suas mãos, uma proporção correta e agradável em relação a toda sua figura.

"Ah, ei!", pensei, e olhando para ela, "ei, criança, ei, pássaro belo! Que bom para mim, que posso ver-te em tua primavera."

Lá estavam também outras mulheres, mais brilhantes, promissoras, com maduro fulgor, e espertas, com olhos penetrantes, mas nenhuma possuía tal aroma, nenhuma estava ladeada assim por uma música suave. Elas falavam e riam e guerreavam com olhares de olhos de todas as cores. Também elas me puxavam bondosas e mordazes para a conversa e me demonstravam simpatia, mas eu só respondia letárgico e permanecia com a alma na loura, com a intenção de apreender a sua imagem e de não perder de minha alma a sua essência florescente.

Sem que eu me apercebesse, ficou tarde, e subitamente todos se levantaram e tornaram-se inquietos, foram de um lado para o outro e despediram-se. Então também eu me levantei rapidamente e fiz o mesmo. Do lado de fora vestíamos casacos e colarinhos, e ouvi um dos pintores dizer para a bela: "Posso acompanhá-la?" E ela disse: "Pode, mas é um longo desvio para o senhor. Eu também posso bem pegar um carro."

Foi quando eu intervim rapidamente e disse: "Deixe-me acompanhá-la, eu vou pelo mesmo caminho."

Ela sorriu e disse: "Está bem, muito obrigada." E o pintor cumprimentou educadamente, olhou-me espantado e foi embora.

Então eu caminhava ao lado da figura querida, descendo pela rua noturna. Numa esquina encontrava-se um coche tardio que nos olhava com seus faróis cansados. Ela disse: "Não é melhor eu tomar o coche? É meia hora." Eu pedi, porém, que ela não o fizesse. Então ela perguntou de repente: "Como é que o senhor sabe onde eu moro?"

"Oh, isso não faz diferença. Aliás, não o sei absolutamente."

"Mas o senhor disse que ia pelo mesmo caminho."

"Sim, eu vou. De uma maneira ou de outra eu teria passeado meia hora."

Nós olhamos para o céu, ele havia clareado e estava cheio de estrelas, e pelas ruas extensas e calmas soprava um vento fresco, frio.

De início fiquei embaraçado, por não saber conversar absolutamente nada com ela. Ela ia, não obstante, caminhando livre e despreocupadamente, respirando com prazer o ar puro da madrugada, e somente fazendo aqui e acolá, quando lhe ocorria, uma exclamação ou uma pergunta, à qual eu respondia na hora. Então também eu fiquei livre e satisfeito, e, no compasso de nossos passos, sucedeu-se um papear tranquilo do qual hoje não sei mais nenhuma palavra.

Mas sei ainda bem como soava a sua voz; ela soava pura, com a leveza de um pássaro, e, não obstante, quente, e com o seu sorriso calmo e seguro. O seu passo ganhou o ritmo do meu, eu nunca andei tão contente e flutuante, e a cidade, adormecida com palácios, portões, jardins e monumentos, deslizava por nós no silêncio e na penumbra.

Encontrou-nos um homem velho em trajes ruins que mal conseguia ficar de pé. Ele quis desviar de nós, mas não o permitimos, abrindo, antes, passagem a ele de ambos os lados, e ele se virou lentamente e acompanhou-nos com o olhar.

"É, olhe só!", disse eu, e a garota loura riu divertida.

De altas torres soavam badaladas das horas, voavam com clareza e regozijo sobre a cidade e misturavam-se ao longe nos ares num bramido minguante. Um carro atravessou uma praça, as ferraduras golpeavam como castanholas os paralelepípedos, mas sem que se ouvissem as rodas, que corriam sobre pneus de borracha.

Ao meu lado caminhava serena e fresca a bela e jovem figura, a música de seu ser envolveu também a mim, o meu coração bateu no mesmo ritmo que o dela, os meus olhos viam tudo o que os seus olhos viam. Ela não me conhecia, e eu não sabia o seu nome, mas éramos ambos despreocupados e jovens, éramos camaradas como duas estrelas e como duas nuvens que traçavam o mesmo caminho, que respiravam o mesmo ar e não precisavam de palavras para se sentirem completamente bem. Meu coração tinha novamente 19 anos e estava intacto.

Parecia-me que ambos tínhamos que continuar caminhando sem destino e infatigavelmente. Parecia-me que nós caminhávamos há um tempo inconcebivelmente longo um ao lado do outro, e que isso nunca poderia ter fim. O tempo estava extinto, mesmo com os relógios batendo as horas.

Mas então ela parou inesperadamente, sorriu, deu-me a mão e desapareceu num portão de casa.

... Eu tinha partido, no dia seguinte àquela bela noitada com a garota estranha, em viagem para a minha casa. Estava sentado quase sozinho no vagão e sentia alegria pelo bom trem rápido e pelos Alpes distantes, que por algum tempo podiam ser vistos com clareza e brilho. Em Kempten eu comi num bufê e conversei com o motorneiro, para quem eu comprei um charuto. Mais tarde, o tempo tornou-se turvo, e eu via o Bodensee cinzento e grande como um mar na névoa e no neviscar tranquilo.

Em casa, no mesmo quarto no qual também me encontro sentado agora, fiz um bom fogo na estufa e pus-me zelosamente ao trabalho. Vieram cartas e pacotes de livros e me deram o que fazer, e uma vez por semana eu ia à cidadezinha do outro lado, fazia algumas compras, bebia um copo de vinho e jogava uma partida de bilhar.

Ali eu percebia paulatinamente que a alegre vivacidade e o satisfatório prazer de viver, com os quais eu circulara ainda havia pouco em Munique, estavam prestes a se esgotar e a se esvair através de alguma fenda pequena e estúpida, de modo que eu ia recaindo lentamente numa condição menos luminosa, sonhadora. De início, eu pensei que estava se incubando um pequeno mal-estar, por isso viajei à cidade e tomei um banho de vapor que, no entanto, não ajudou em nada. Logo compreendi que esse mal não se situava nos ossos ou no sangue. Pois agora eu começava, senão totalmente contra, pelo menos involuntariamente, por todas as horas do dia e com certa avidez obstinada a pensar em Munique, como se nessa agradável cidade eu tivesse extraviado algo essencial. E, bem paulatinamente, este essencial tomou forma na minha consciência e era a amável figura esbelta da loura de 19 anos. Notei que a sua imagem e aquela caminhada noturna, em grata alegria ao seu lado, se transformaram em mim não numa lembrança silenciosa, mas numa parte de mim mesmo que agora começava a doer e a sofrer.

Já se adentrava silenciosamente a primavera quando a coisa tornou-se madura e ardente, impossível de ser de alguma forma escamoteada. Eu sabia agora que teria que rever a adorável garota antes de poder pensar em outra coisa. Se tudo desse certo, eu não precisaria renunciar à ideia de dizer adeus à minha vida calma e de orientar o meu inofensivo destino para o meio da correnteza. Se até então a minha intenção fora também seguir o meu caminho na condição de um espectador indiferente, agora uma séria carência parecia exigir outra coisa.

Por isso refleti meticulosamente sobre todo o necessário e cheguei à conclusão de que me seria inteiramente possível e permitido oferecer-me a uma garota jovem, se fosse o caso. Eu tinha pouco mais de trinta anos, era também saudável e decente e possuía muitas posses, de modo que uma mulher, se não fosse muito mimada, poderia despreocupadamente confiar-se a mim. Pelo fim de março eu viajei novamente para Munique, pois, desta vez, eu tinha bastante coisa para pensar na longa viagem de trem. Decidi-me primeiramente por ter um conhecimento mais próximo da garota e não julguei completamente impossível que a minha carência pudesse então talvez se mostrar menos violenta e refreável. Talvez, achei, bastasse à minha saudade o simples ato de revê-la, e o equilíbrio dentro de mim então se restabeleceria por si.

Essa era então certamente a tola suposição de um inexperiente. Lembro-me então novamente bem com quanto prazer e esperteza eu tecia esses pensamentos de viagem, enquanto estava já de coração contente por saber que estava próximo de Munique e da loura.

Mal pisei novamente nos paralelepípedos familiares, teve início um contentamento de que havia semanas eu sentia falta.

Não era infenso à saudade e à agitação disfarçada, mas havia muito que eu não me sentia tão bem. Novamente tudo o que eu via me alegrava e tinha um brilho singular, as ruas conhecidas, as torres, as pessoas no bonde de rua com o seu modo de falar, as grandes construções e os tranquilos monumentos. Eu dava a todo cobrador de bonde uma prata de gorjeta, deixava-me conduzir por uma fina vitrine, comprando para mim um elegante guarda-chuva, presenteava-me também numa charutaria com algo mais fino do que propriamente condizia à minha posição e posses e sentia-me bastante arrojado no ar fresco de março.

Após dois dias eu já tinha me informado sobre a garota com toda tranquilidade e não soube muita coisa além do que eu mais ou menos esperava. Ela era uma órfã e de boa casa, mas pobre, e frequentou uma escola de ofícios artísticos. Com o meu conhecido na rua Leopold, em cuja casa eu a vira naquela época, ela tinha um parentesco distante.

Ali eu a vi novamente. Foi numa pequena tertúlia noturna, quase todos os rostos daquela vez reapareceram; alguns me reconheceram novamente e me deram simpaticamente a mão. Mas eu estava muito embaraçado e agitado, até que, com outros convidados, também ela finalmente apareceu. Então eu me tornei calmo e satisfeito, e quando ela me reconheceu, acenou-me com a cabeça e imediatamente me fez lembrar daquela noite de inverno; a velha confiança apossou-se de mim novamente, e consegui falar com ela e olhar-lhe nos olhos, como se nenhum tempo se tivesse passado desde então e como se o mesmo vento noturno de inverno soprasse entre nós dois. Mas não tínhamos nós muita coisa a comunicar um ao outro; ela perguntou apenas como eu andava desde então, e *se* eu tinha passado o tempo todo no campo. Ao dizer isso, ela calou-se por uns instantes, olhou-me então risonha e voltou-se para os seus amigos, enquanto eu então a consegui contemplar, de certa distância, por prazer. Ela me parecia algo mudada, eu só não sabia como e em quais aspectos, e somente depois, quando ela se afastou, e eu senti as duas imagens brigarem dentro de mim e pude compará-las, é que notei que ela agora tinha prendido o cabelo de modo diferente no alto da cabeça e tinha as faces um pouco mais cheias. Eu a contemplava em silêncio e sentia então a mesma emoção de alegria e assombro pelo fato de existir algo tão belo e interiormente tão jovem, e por me ser permitido encontrar esta primavera de pessoa e olhá-la nos olhos claros.

Durante o jantar e após, junto ao vinho Mosela, fui envolvido pelas conversas masculinas, e, mesmo quando o assunto era diferente daquele quando de minha última estada aqui, a conversa parecia-me sem embargo a continuação daquela de outrora, e percebi com uma pequena satisfação que essa gente vivaz e mimada da cidade, mesmo apesar de toda vontade nos olhos e novidades, tem certo círculo no qual se movimentam o seu espírito e a sua vida, e que, não obstante toda a multiplicidade e mudança, aqui também o círculo é implacável e relativamente estreito. Conquanto eu estivesse bastante bem em seu meio, eu não me sentia, no fundo, subtraído de nada depois de minha longa ausência, e não consegui reprimir inteiramente minha impressão de que esses senhores eram todos aqueles da outra vez, sentados e falando ainda sobre a mesma conversa anterior. Essa ideia era evidentemente injusta e surgiu apenas porque a minha atenção e participação desviavam frequentemente da conversação.

Dirigi-me também, tão logo eu pude, à sala adjacente, onde as damas e as pessoas jovens mantinham sua conversação.

Não me escapou o fato de que os jovens artistas eram fortemente atraídos pela beleza da senhorita, e que lidavam com ela em parte com camaradagem, em parte com reverência. Apenas um, um escultor de nome Zündel, mantinha-se frio entre as mulheres mais velhas e olhava-nos, os exaltados, com um bondoso desdém. Ele falava com indiferença, e mais auscultando que falando, com uma mulher bonita de olhos castanhos, da qual eu ouvira falar que tinha a fama de perigosa e de ter tido ou de manter ativas muitas aventuras amorosas.

Mas eu me dava conta de tudo isso apenas lateralmente e meio desligado. A garota me requisitava inteiramente, mas sem que eu me misturasse na conversa geral. Eu sentia como ela vivia e se movia fortemente envolvida numa doce música, e a atração suave e interior de seu ser acercava-se de mim de modo tão denso e doce e forte como o aroma de uma flor. Contudo, por mais que isso me fizesse bem, eu conseguia perceber sem nenhuma dúvida que a sua visão não conseguia me acalmar nem satisfazer, e que o meu penar, se eu novamente fosse separado dela agora, tornar-se-ia necessariamente mais martirizante. Parecia-me que a sua delicada pessoa era a visão da minha própria felicidade e da primavera em flor da minha vida, e que eu a pegasse e a trouxesse para junto de mim, pois senão ela nunca mais voltaria. Não era uma avidez do sangue por beijar e por uma noite de amor, como várias mulheres bonitas haviam despertado em mim por horas, esquentando-me e martirizando-me. Era antes uma alegre confiança de que nesta querida figura a minha felicidade quisesse vir ao meu encontro, de que a sua alma me fosse necessariamente afim e amiga, e minha felicidade também fosse necessariamente a sua.

Por isso resolvi permanecer perto dela e, na hora certa, dirigir-lhe minha pergunta.

Já que contamos até aqui, bom, continuemos!...

Consegui, no encontro seguinte com ela, entretê-la melhor; papeamos de modo bem familiar, e eu soube várias coisas sobre sua vida. Pude também acompanhá-la à casa, e foi como um sonho para mim que eu estivesse indo com ela pelo mesmo caminho pelas ruas tranquilas. Disse-lhe que eu me lembrara com frequência daquele caminho para casa e que desejara poder percorrê-lo de novo. Ela riu divertida e interrogou-me um pouco. E, afinal, como eu estava para me declarar, olhei-a e disse: "Vim a Munique apenas por sua causa, senhorita Maria."

Imediatamente senti medo de ter sido ousado demais e fiquei embaraçado. Mas ela nada disse em seguida e olhou para mim apenas serenamente e um pouco curiosa. Após um instante ela disse então: "Na quinta-feira um camarada meu vai dar uma festa no ateliê. O senhor quer vir? Então me busque aqui às oito horas."

Estávamos diante de sua casa. Então, agradeci e despedi-me. Assim fora eu convidado por Maria a uma festa. Uma grande alegria sobreveio-me. Sem contar com grandes coisas nessa festa, era, no entanto, para mim um pensamento estranhamente doce que ela tivesse me convocado a isso, e que eu devesse lhe ser grato. Refleti sobre como eu poderia lhe agradecer por isso e decidi levar-lhe na quinta-feira um belo buquê de flores.

Nos três dias seguintes que tive que esperar não reencontrei o estado de espírito de satisfação serena com o qual estive da última vez. Desde que lhe disse que viajei para cá por sua causa, perdi minha espontaneidade e paz. Mas foi quase uma confissão, e então tinha que pensar o tempo todo que ela sabia de meu estado, e que ela talvez refletisse o que deveria responder a mim. Passei a maior parte desses dias em excursões fora da cidade, nos grandes parque de Nymphenburg e de Schleißheim, ou nas florestas no vale do Isar.

Quando a quinta-feira chegou e se fez noite, eu me vesti, comprei na loja um grande buquê de rosas vermelhas e fui com esse num coche até a casa de Maria. Ela desceu imediatamente, ajudei-a a subir no carro e dei-lhe as flores, mas ela estava agitada e acanhada, o que pude bem perceber, apesar de meu próprio embaraço. Deixei-a também em paz, e agradou-me vê-la com a agitação e a febre de alegria tão própria das meninas antes de uma festividade. Na viagem no carro aberto pela cidade também fui tomado paulatinamente por uma grande alegria, na medida em que me parecia que com isso Maria declarava também estar por uma hora numa espécie de amizade e aprovação em relação a mim. Era para mim uma festiva função honorífica tê-la por essa noite sob minha proteção e companhia, haja vista que certamente não lhe teriam faltado outros amigos dispostos a tanto.

O carro parou diante de uma casa de aluguel sem adornos, cujo corredor e pátio tivemos que atravessar. Então, na parte de trás da casa, elevou-se uma escadaria infinita, até que, no corredor mais elevado, chegou até nós uma torrente de luzes e vozes. Descobrimo-nos numa saleta ao lado, onde uma cama de ferro e alguns caixotes estavam já cobertos de casacos e chapéus, e então entramos no ateliê, claramente iluminado e cheio de gente. Três ou quatro me eram ligeiramente conhecidos, mas os outros, incluindo o dono da casa, eram-me todos estranhos.

Maria apresentou-me a este último e disse em seguida: "Um amigo meu. Eu podia trazê-lo, não?"

Isso me assustou um pouco, já que eu acreditava que ela havia avisado que eu vinha. Mas o pintor deu-me a mão resolutamente e disse calmamente: "Tudo bem."

As coisas se passavam no ateliê com bastante vivacidade e espontaneidade. Cada um se sentava onde achasse lugar, e a gente se sentava um ao lado do outro sem se conhecer. Cada um também se servia à vontade dos frios, que se espalhavam aqui e ali, e do vinho e da cerveja, e, enquanto alguns acabavam de chegar ou de cear, outros já tinham acendido os seus charutos, cuja fumaça perdia-se levemente, evidente que no início, no ambiente mais alto.

Como ninguém nos olhava, abasteci Maria, e então a mim mesmo, com alguma comida que consumíamos imperturbados numa mesinha baixa de desenho, juntamente com um homem alegre, de barba ruiva, que nós não conhecíamos, mas que nos acenava viva e animadoramente com a cabeça. Aqui e ali alguém entre os que chegavam tarde, a quem faltavam lugares nas mesas, apoiava-se sobre nossos ombros em direção a um sanduíche de presunto; e, quando as provisões acabaram, muitos ainda reclamavam de fome, dois dos convidados saíram para comprar mais alguma coisa, tendo um deles, para tanto, solicitado e recebido dos seus camaradas pequenas contribuições em dinheiro.

O anfitrião olhava serenamente esse jeito vivo e um tanto barulhento, comia em pé um pão com manteiga e ia com ele e um copo de vinho nas mãos papeando de vez em quando entre os convidados. Eu também não vi nada demais na livre movimentação, mas, em silêncio, queria me parecer pesaroso que Maria se sentia aqui aparentemente bem e em casa. Sim, eu sabia que os jovens artistas eram seus colegas e em parte pessoas muito estimadas, e não tinha nenhum direito de desejar algo diferente. No entanto, eu sentia uma leve dor dentro de mim, e quase uma pequena decepção de ver, no fim das contas, com que robusta sociabilidade ela os acolhia satisfeita. Logo fiquei sozinho, já que ela levantou-se, após a breve ceia, e cumprimentava os seus amigos. Os dois primeiros ela me apresentou e procurou envolver-me em sua conversação, no que eu evidentemente fracassei. Então, ela ficava ora aqui, ora ali entre conhecidos, e como não parecia dar por minha falta, recolhi-me num canto, encostei-me na parede e olhava calmamente para a animada sociedade. Eu não esperava que Maria se mantivesse a noite inteira ao meu lado e estava satisfeito de vê-la, de papear ao menos uma vez com ela, e então de acompanhá-la novamente para casa. Apesar disso, um mal-estar progressivamente tomou conta de mim, e quanto mais animados os outros ficavam, mais inútil e alheio eu ficava lá, sendo que raramente alguém me dirigia a conversa, mesmo que rapidamente.

Entre os convidados eu notei também aquele pintor de retratos, Zündel, bem como aquela bela mulher com os olhos castanhos, que me descreveram como perigosa e algo mal-afamada. Ela parecia bem conhecida nesse círculo e era observada pela maioria com uma certa intimidade risonha, mas também, em função de sua beleza, com uma admiração espontânea. Zündel era igualmente um homem bonito, grande e robusto, com agudos olhos escuros e de uma postura segura, orgulhosa e superior, como um homem mimado e certo de sua impressão. Eu o observava com atenção, haja vista que tenho por natureza um interesse curioso, num misto de humor e também um pouco de inveja. Ele tentava zombar do anfitrião por conta da falta de provisões.

"Você não tem nem mesmo cadeiras suficientes", disse ele desdenhoso. Mas o dono da casa permaneceu inabalável. Este deu de ombros e disse: "Quando algum dia eu der para pintar retratos, as coisas vão ficar finas também na minha casa." Então Zündel censurou os copos: "Mas com estas cubas não dá para beber vinho. Você nunca soube que vinho combina com taças finas?" E o anfitrião respondeu impávido: "Talvez você entenda algo de copos, mas não de vinhos. Para mim é sempre preferível um vinho fino a um copo fino."

A bela mulher ouvia sorrindo, e seu rosto aparentava uma estranha satisfação e graça, que dificilmente poderiam ser provenientes dessas piadas. Logo vi também que ela mantinha a sua mão sob a mesa, profundamente enfiada na manga esquerda da jaqueta do pintor, ao mesmo tempo que o pé deste brincava com leveza e desatenção com o dela. Mas ele parecia ser mais cortês do que delicado; ela, porém, inclinava-se a ele com um desagradável fervor, e sua visão logo se tornou para mim insuportável.

Aliás, também Zündel já se livrava dela e se levantava. Agora estava uma forte fumaça no ateliê, mulheres e garotas também fumavam cigarros. O som de gargalhadas e conversas ruidosas entrecortava-se, tudo subia e descia, sentava-se em cadeiras, em caixotes, em recipientes de carvão, no chão. Assopraram um flautim, e, no meio do estrépito, um jovem levemente bêbado lia um sério poema para um grupo que ria.

Eu observava Zündel, que ora ia, ora permanecia inteiramente quieto e sóbrio. De entremeio eu olhara lá para Maria, sentada com duas outras garotas sobre um divã e entretida por jovens senhores de pé ali ao lado, com copos de vinho nas mãos. Quanto mais demorava a tertúlia e quanto mais alta ela se tornava, mais me sobrevinha uma tristeza e ansiedade. Parecia que eu tinha aportado com uma menina de contos de fadas num lugar impuro, e comecei a esperar que ela me acenasse e pretendesse partir.

O pintor Zündel estava agora de pé e à parte e acendera um charuto. Ele contemplava os rostos e olhava também atentamente para o divã. Foi quando Maria levantou o olhar, eu vi perfeitamente, e olhou-o num breve intervalo nos olhos. Ele sorriu, mas ela o avistava firme e tensa, e então eu o vi fechar um olho e levantar interrogativamente a cabeça, e a vi acenar levemente com a cabeça.

Ali o meu coração tornou-se oprimido e obscuro. Eu não sabia de nada, e isso podia ser um gracejo, um acaso, um gesto quase involuntário. Só que isso não me consolava. Eu vira que havia um entendimento entre os dois, que durante toda a noite não trocaram palavra e que se mantiveram longe um do outro de maneira quase chamativa. Naquele momento desabou a minha felicidade e a minha esperança pueril, delas não restou nenhuma brisa e nenhum brilho. Não ficou nem mesmo uma tristeza pura, carinhosa, que eu gostasse de carregar, mas uma vergonha e decepção, um gosto e um asco repulsivo. Se eu tivesse visto Maria com um noivo ou um amado contente eu o teria invejado e teria, contudo, me alegrado. Mas era um sedutor e galanteador, cujo pé meia hora atrás ainda brincava com o da mulher de olhos castanhos.

Apesar disso, eu me recompus. Poderia ser ainda um engano, e eu tinha que dar a Maria a oportunidade de rebater minha malvada suspeita.

Fui até ela e olhei-a no rosto primaveril e adorado. E perguntei: "Ficou tarde, senhorita Maria, eu não posso acompanhá-la à casa?"

Ah, então eu a vi pela primeira vez estorvada e disfarçada. Sua face perdeu o delicado bafejo divino, e também a sua voz soou velada e falsa. Ela riu e disse alto: "Oh, o senhor me desculpe, eu não tinha pensado nisso. Alguém virá me buscar. O senhor já quer ir?"

Eu disse: "Sim, eu quero ir. Adeus, senhorita Maria."

Não me despedi de ninguém, e ninguém me reteve. Lentamente desci as muitas escadas, atravessei o pátio e a parte da frente da casa. Lá fora eu refleti sobre o que deveria fazer agora, me virei e me ocultei no pátio atrás de um carro vazio. Ali esperei demoradamente, quase por uma hora. Então veio o Zündel, jogou fora um resto de charuto e abotoou o seu casaco, saiu pela garagem, mas logo voltou e permaneceu de pé na saída.

Demorou cinco, dez minutos, e eu senti um desejo de surgir, gritar por ele, de chamá-lo de cachorro e de agarrá-lo pelo pescoço. Mas não fiz isso, permaneci quieto em meu esconderijo e esperei. E, não durou muito, ouvi novamente passos na escada e a porta abriu, e Maria saiu, olhou à sua volta, caminhou para a saída e pôs calmamente o seu braço no do pintor. Rapidamente eles se afastaram... Algo que antes existia no mundo se perdeu, um certo aroma e graça inocente, e não sei se isso poderá retornar.

Canção de amor

DIZER NÃO PODERIA,
O quanto, ó, me mudaste.
O que me impõe o dia
À noite o sono afaste.

Na noite a cor do ouro,
Ofusca mais que o dia,

Lindos cabelos louros
Nos sonhos me sorriam.

Ali sonho venturas
Que em teu perfil diviso,
No ar canções tão puras
Vêm lá do paraíso.

Ali eu nuvens via
Correndo em toda parte.
Dizer não poderia
O quanto, ó, me mudaste.

Íris
Um conto de fadas

NA PRIMAVERA DE SUA INFÂNCIA percorria Anselm o verde jardim. Uma flor, entre as flores da mãe, chamava-se flor-de-lis, a que ele tinha particular afeição. Ele mantinha o seu rosto junto às suas altas folhas verde-claras, pressionava os seus dedos no tateio de suas pontas afiadas, respirava sentindo o aroma do grande e maravilhoso botão e olhava longamente para o seu interior. Ali, do fundo azul pálido da flor, ressaltavam longas séries de dedos amarelos; entre elas um caminho percorria, afastando-se e declinando, para dentro do cálice e do segredo azul do botão. Este era muito amado por ele, que olhava longamente o seu interior e via os delicados membros amarelos, ora como uma cerca dourada no jardim imperial, ora como um duplo caminho de belas árvores oníricas que nenhum vento agita, e entre eles passava com claridade, através de nervuras vívidas e delicadas como vidro, o misterioso caminho para o interior. A curvatura expandia-se em formidável abertura; num movimento de recuo, a trilha perdia-se, entre as árvores douradas, numa profundidade infinita de gargantas inimagináveis, sobre ela curvava-se com realeza a abóbada violeta, e punha de modo encantador sombras tênues sobre o milagre que aguardava em silêncio. Anselm sabia que essa era a boca da flor, que atrás das magníficas florescências amarelas moravam na garganta azul o seu coração e os seus pensamentos, e que sobre esse caminho encantador, iluminado, coberto de nervuras vítreas, entravam e saíam a respiração e os sonhos daquela.

E, ao lado dos grandes botões, ficavam os menores, que ainda não tinham se aberto; eles se erguiam sobre hastes rígidas, sumarentas, num pequeno cálice de cútis verde-amarronzado, das quais o jovem broto se impelia calma e vigorosamente, firmemente envolto em um verde e violeta iluminados; acima, porém, enrolada com tensão e delicadeza, despontava com delicado vértice a jovem e profunda violeta. Sobre esses botões de folhas firmemente enrolados e jovens podia-se já divisar, às centenas, uma rede de nervuras e desenhos.

Pela manhã, quando ele retornava da casa e de mundos desconhecidos, lá estava intacto o jardim sempre novo que o aguardava; e lá, onde ontem um rebento florescente duro e azul espessamente enrolado repontava obstinado de uma casca verde, pendia agora uma jovem folha fina e azul como o ar, como uma língua e como um lábio, buscava aos tatos sua forma e sua curvatura há muito sonhada, e, bem lá embaixo, em luta ainda com seu invólucro, pressentiam-se já dispostas plantas finas e amarelas, trilhas iluminadas e cheias de nervuras e abismos espirituais distantes e aromáticos. Talvez já ao meio-dia, talvez à noite, ela estivesse aberta, tenda azul de seda arqueando-se sobre floresta onírica dourada, e os seus primeiros sonhos, pensamentos e canções vinham calmamente exalados do abismo encantado.

Vinha um dia em que lá na grama estavam simples campainhas azuis. Vinha um dia em que subitamente lá estava no jardim uma nova sonoridade e aroma, e, sobre folhagem avermelhada e ensolarada, pendia a primeira rosa-chá, macia e vermelho-dourada. Vinha um dia em que lá não mais havia lírios-roxos. Elas se tinham ido; nenhum caminho de cercas douradas levava delicadamente lá para baixo, para os segredos aromáticos; lá estavam folhas enrijecidas, pontudas e frias. Mas frutinhas vermelhas estavam maduras nos arbustos, e sobre os ásteres voavam borboletas livres e divertidas, enxames marrom-avermelhados com dorsos de madrepérola, com zunidos e asas vítreas. Anselm falava com as borboletas e com os seixos, ele tinha como amigos os escaravelhos e os lagartos, pássaros contavam para ele histórias de pássaros, ervas mostravam-se às escondidas, sob o teto das folhas gigantes, a semente marrom recolhida, cacos de vidro lhe colhiam verdes e cristalinos o raio de sol e transformavam-se em palácios, jardins e cavernas do tesouro. Iam-se os lírios, floresciam então as capuchinhas; murchavam as rosas-chá, amadureciam então as amoras; tudo se deslocava, estava sempre ali e sempre de partida, desaparecia e retornava ao seu tempo, e também os dias assustados, estranhos, quando o vento fazia barulho no pinheiro e tilintava no jardim inteiro a folhagem murcha de modo tão fraco e apagado, traziam ainda junto uma canção, uma vivência, uma história, até que tudo fosse para o chão, até que a neve caísse diante das janelas e florestas de palmeiras crescessem junto às vidraças, os anjos voassem pela noite com sinos prateados e o pátio e o chão tivessem o perfume de frutas secas. A amizade e a confiança nunca se extinguiam nesse mundo bom; e, subitamente, quando campânulas brancas refulgiam junto às folhagens de heras negras, e os primeiros pássaros voavam alto pelos novos cumes azuis, era como se tudo sempre tivesse estado lá. Até que um dia, sempre inesperadamente e, no entanto, sempre como tinha de ser, e sempre desejado do mesmo modo, um primeiro rebento azulado de broto despontava dos talos de flor-de-lis.

Tudo era belo, tudo para Anselm era bem-vindo, amistoso e íntimo, mas o momento maior de encanto e de graça foi para o garoto naquele ano a primeira flor-de-lis. Naquele cálice ele lera em algum momento, no mais longínquo sonho infantil, pela vez primeira no livro dos milagres; o aroma e o azul flutuante e múltiplo da flor-de-lis fora para ele o chamado e a chave da criação. Assim, a flor-de-lis acompanhou-o por todos os anos de sua inocência, tornara-se nova a cada novo verão, mais plena de mistérios e mais comovente. Outras flores tinham também uma boca, outras flores emitiam também perfume e imaginação, outras também atraíam abelhas e besouros para suas câmaras pequenas e doces. Mas a flor-de-lis tornara-se para o garoto mais amada e importante do que qualquer outra flor, tornou-se metáfora e exemplo de tudo o que fosse maravilhoso e digno de reflexão. Quando ele avistava o seu cálice e acompanhava absorto claro caminho de sonhos com a sua imaginação, indo entre os extravagantes arbustos amarelos em direção ao crepúsculo do interior da flor, sua alma avistava, então, o portão onde a aparência torna-se enigma e a visão pressentimento. Por vezes, ele sonhava à noite com esse cálice de flor, via-o tremendamente grande e aberto diante de si como o portão de um palácio celestial, cavalgava sobre cavalos, ia voando sobre cisnes e, com ele, voava e cavalgava e deslizava o mundo inteiro suavemente, puxado por mágica, para dentro e para baixo da encantadora garganta, onde toda expectativa tinha de encontrar uma satisfação, e todo pressentimento uma verdade.

Toda visão na Terra é uma parábola, e toda parábola é um portão aberto, pelo qual a alma, quando tem disposição, consegue ir ao âmago do mundo, onde você e eu e dia e noite é tudo uma coisa só. O portão aberto cruza o caminho de toda pessoa aqui e ali em sua vida, todo mundo é abordado pela ideia de que tudo o que é visível é uma parábola, e de que atrás da parábola moram o espírito e a vida eterna. Contudo, poucos atravessam o portão e conduzem a bela visão no sentido da pressentida realidade interior.

Assim, o cálice de flor parecia ao jovem Anselm ser a pergunta aberta e tranquila ao encontro da qual sua alma impelia-se, num farto pressentimento de uma resposta bem-aventurada. Então, a encantadora diversidade das coisas dispersou-o, com conversas e brincadeiras, em direção à grama e às pedras, às raízes, à moita, à bicharada e a todas as características amáveis de seu mundo. Com frequência, mergulhava profundamente na observação de si mesmo, consagrava-se sentado às curiosidades de seu corpo, sentia de olhos fechados durante o engolir, o cantar, o respirar, estranhos movimentos, sentimentos e ideias na boca e no pescoço; acompanhava com o sentimento a trilha e o portão, nos quais se pode ir de alma em alma. Contemplava com admiração as significativas figuras coloridas que com frequência lhe surgiam, quando cerrava os olhos, de uma escuridão purpúrea; manchas e semicírculos num azul e vermelho profundos, entremeados de linhas vítreo-claras. Por vezes, sentia Anselm, numa agitação alegremente assustada, os finos e múltiplos nexos ente olho e ouvido, olfato e tato, percebia por instantes fugidios o parentesco entre tons, sons, letras, e como eram iguais ao vermelho ou ao azul, ao duro e ao macio, ou espantava-se quando cheirava uma erva ou uma casca de árvore recém-arrancada, como o olfato e o paladar eram estranhamente próximos, transpunham-se com frequência um ao outro e tornavam-se uma coisa só.

Todas as crianças sentem isso, ainda que nem todas com a mesma força e delicadeza, e para muitas isso já se acabou, ou nunca existiu, antes mesmo de terem aprendido a ler a primeira letra. Outros permanecem próximos do segredo da infância por muito tempo e carregam consigo um resto e um eco deste até com os cabelos brancos e os tardios dias cansados. Todas as crianças, enquanto se encontram sob o segredo, ocupam-se sem interrupção na alma com a única coisa importante, consigo mesmo e com o nexo enigmático entre a sua própria pessoa e o mundo circundante. Aqueles que buscam e os sábios retornam a essas ocupações com os anos da maturidade; mas a maior parte das pessoas já cedo esquece e abandona para sempre esse mundo interior, constituído por aquilo que é verdadeiramente importante, e vão errando por toda a vida aqui e ali nos muitos desatinos das preocupações, desejos e objetivos, desatinos, os quais nenhum habita o mais íntimo daquelas pessoas, os quais nenhum as conduz de volta ao seu mais íntimo e para casa.

Os verões e outonos infantis de Anselm vinham suaves e se iam desapercebidos, sempre e sempre floresciam e murchavam campânulas brancas, violetas, goivos, lírios, sempre-vivas e rosas, belos e ricos como nunca. Ele vivia com elas, flores e pássaro falavam-lhe, árvores e fonte ouviam-no, e, à velha maneira, ele levava consigo lá para o jardim, para a mãe, para as pedras coloridas no canteiro, as suas primeiras letras escritas e sua primeira preocupação de amizade.

Mas uma vez veio a primavera, ela não soava ou cheirava como todas as anteriores; o melro cantava, mas não era a velha canção, a íris azul se abria em flor, e nenhum sonho e figura de conto de fada moveu-se para dentro ou para fora na trilha de cercas douradas de seu cálice. Morangos riam de dentro da sombra verde de seus esconderijos, e as borboletas adejavam brilhantes sobre os altos pedúnculos, e tudo era diferente de antes, e outras coisas importavam ao garoto, e ele brigava muito com a mãe. Ele mesmo não sabia o que era, e por que algo lhe doía e algo o incomodava permanentemente. Ele viu apenas que o mundo estava mudado, e que as amizades de outrora o abandonaram e deixaram-no sozinho.

Assim se passou um ano, e se passou outro, e Anselm não era mais uma criança, e as pedras coloridas em volta do canteiro tornaram-se enfadonhas, e as flores mudas, e os besouros ele mantinha espetados sobre agulhas numa caixa, e a sua alma iniciara a caminhada pelo desvio longo e duro, e as velhas alegrias haviam-se esgotado e ressecado.

Impetuosamente, o jovem lançava-se na vida, que somente então lhe parecia ter início. Disperso e esquecido estava o mundo das parábolas; novos desejos e caminhos dispersavam-no. A infância pendia ainda como um aroma no olhar azul e no cabelo macio, mas ele não o amava quando lhe lembravam deste, e cortou curto o cabelo e pôs no seu olhar o mais que pôde de ousadia e de saber. Caprichosamente, precipitou-se pelos anos de temor e espera, ora bom aluno e amigo, ora sozinho e tímido, certa vez selvagem e ruidoso na primeira comilança juvenil. A pátria teve que abandonar, revendo-a apenas raramente em breves visitas, quando, mudado, crescido e finamente vestido, vinha para a casa da mãe. Trazia amigos consigo, trazia livros consigo, sempre coisas diferentes, e, quando atravessava o velho jardim, o jardim era pequeno e silencioso diante de seu olhar distraído. Nunca mais leu histórias nas nervuras coloridas das pedras e das folhas, nunca mais viu Deus e a eternidade habitarem o segredo em botão da íris azul.

Anselm foi estudante, foi universitário, retornou à pátria com um boné vermelho e então com um amarelo, com uma penugem sobre o lábio e com uma jovem barba. Trazia consigo livros em línguas estrangeiras, e, um dia, um cachorro, e numa pasta de couro sobre o peito trazia ora poemas silenciados, ora cópias de sabedorias antiquíssimas, ora reproduções e cartas de garotas bonitas. Ele retornava; estivera em longínquos países estrangeiros e morara em grandes navios sobre o mar. Ele retornava e fora um jovem sábio, trazia um chapéu preto e luvas escuras, e os antigos vizinhos tiravam-lhe o chapéu e chamavam-no de professor titular, embora ele ainda não o fosse. Ele estava de volta e trazia roupas pretas e ia esbelto e sério atrás do carro lento sobre o qual sua velha mãe estava deitada num caixão enfeitado. E, então, voltava apenas raramente.

Na cidade grande, onde agora Anselm ensinava a estudantes universitários e era considerado um sábio famoso, ali ia ele, passeava, encontrava-se sentado e de pé exatamente como as outras pessoas no mundo, numa jaqueta e chapéu finos, sério ou simpático, com olhos diligentes e por vezes um pouco cansados, e era um senhor e um pesquisador como quisera ser. Agora lhe sucedia o mesmo que sucedera no final de sua infância. Ele sentiu subitamente os muitos anos passados atrás de si e encontrava-se estranhamente sozinho e insatisfeito no meio do mundo ao qual sempre aspirara. Não era uma verdadeira felicidade ser professor titular, não era um prazer completo ser saudado profundamente por cidadãos e por estudantes. Tudo estava como que murcho e empoeirado, e a felicidade encontrava-se novamente longe no futuro, e o caminho até lá parecia ser quente e poeirento e ordinário.

Nessa época Anselm ia muito à casa de um amigo cuja irmã o atraía. Agora ele não perseguia mais facilmente um rosto bonito, isso também ficara diferente, e ele sentia que a felicidade teria de vir **até** ele de uma maneira especial, e não estaria atrás de qualquer janela. A irmã de seu amigo agradava-lhe muito, e, com frequência, ele acreditava saber que a amava de verdade. Mas ela era uma garota especial, cada passo e cada palavra sua tinham uma cor e uma pregnância própria, e nem sempre era fácil andar com ela e encontrar o mesmo passo que o dela. Quando Anselm, por vezes, andava à noite para cima e para baixo em sua casa solitária, e ouvia pensativo o seu próprio passo através dos aposentos vazios, brigava então consigo mesmo por causa de sua amiga. Ela era mais velha do que ele desejaria para sua mulher. Ela era muito peculiar, e seria difícil viver ao lado dela e acompanhar a sua ambição erudita, pois ela não conseguia nem ouvir falar desta. Ela também não era muito forte e saudável, e, sobretudo, não aguentava reuniões sociais e festas. Do que ela mais gostava era viver cercada de flores e música, e, eventualmente, de um livro, em tranquila solidão; esperava que as pessoas viessem até ela, e deixava o mundo seguir seu caminho. Por vezes, era de tal maneira delicada e sensível, que tudo o que era estranho lhe causava dor e a fazia chorar. Então, de novo, ela ficava irradiando calma e delicadamente numa felicidade solitária, e quem visse isto sentiria o quanto era difícil dar alguma coisa a essa bela e curiosa mulher, e significar algo para ela. Frequentemente, acreditava Anselm que ela o amava, frequentemente lhe parecia que ela não amava ninguém, que ela tratava todos com suavidade e simpatia, e que tudo o que ela desejava do mundo era apenas ser deixada em paz. Mas ele queria algo diferente da vida, e, se ele queria ter uma mulher, deveria existir em casa vida e som e hospitalidade.

"Íris", disse a ela, "querida Íris, quem dera que o mundo tivesse uma outra disposição! Se nada existisse além de um mundo belo e suave com flores, pensamentos e música, eu então nada mais quereria do que passar minha vida ao seu lado, ouvir suas histórias e viver junto com os seus pensamentos. O seu nome já me faz bem, Íris é um nome magnífico, eu não tenho a menor ideia do que ele me lembra."

"Você bem sabe", disse ela, "que assim se chamam os lírios-roxos."

"Sei", exclamou ele com uma sensação angustiada, "isto eu sei bem, e apenas isto já é muito bonito. Mas, sempre que digo o seu nome, ele quer além disso me lembrar também de algo, não sei do quê, como se ele estivesse para mim relacionado a lembranças bem profundas, distantes e importantes; e, no entanto, eu não sei nem acho o que vem a ser isso."

Íris sorriu para ele, que estava em pé desorientado e esfregava a mão na testa.

"Comigo é sempre assim", disse ela a Anselm com a sua voz leve de passarinho, "quando cheiro uma flor. Então meu coração acha sempre que o aroma estaria relacionado à recordação de algo inteiramente belo e delicioso, que anteriormente fora meu e que se perdeu de mim. Com a música é assim também, e às vezes com poemas — quando então algo fulgura subitamente, por um instante, como se a gente de repente visse lá em baixo no vale uma pátria perdida, e isso logo se acaba e é esquecido. Querido Anselm, acho que estamos no mundo por esse sentido, por esse ponderar e buscar e auscultar sons distantes perdidos, e sob eles está a nossa verdadeira pátria."

"Com que beleza você diz isso", lisonjeou Anselm, e sentiu no próprio peito um movimento quase doloroso, como se ali uma bússola escondida assinalasse fatalmente o seu objetivo distante. Mas esse destino era bem diferente daquele que ele queria dar à sua vida, e doía, e era digno dele desperdiçar sua vida em sonhos por detrás de bonitos contos de fadas?

Entrementes, veio um dia em que o senhor Anselm retornara ao lar de uma viagem solitária, e a sua casa sem mobília o recepcionou de modo tão frio e deprimente que ele correu até os seus amigos e estava disposto a pedir a mão da bela Íris.

"Íris", disse a ela, "não posso continuar vivendo assim. Você tem sido sempre minha boa amiga, tenho que lhe dizer tudo. Preciso ter uma esposa, senão vou sentir minha vida vazia e sem sentido. E quem eu deveria desejar para minha mulher senão você, flor querida? Você quer, Íris? Você deve ter flores, tantas quantas possamos achar, deve ter o jardim mais belo. Você virá para mim?"

Íris olhou-o longa e calmamente nos olhos, não sorriu e não corou, e lhe respondeu com voz firme: "Anselm, não me espanta o seu pedido. Eu o amo, embora eu nunca tenha pensado em tornar-me sua mulher. Mas veja, amigo, eu faço grandes exigências àquele de quem devo ser esposa. Faço maiores exigências do que a maior parte das mulheres fazem. Você me ofereceu flores, e sua intenção é boa. Mas eu também consigo viver sem flores, e também sem música, eu poderia dispensar tudo isso e muito mais, se fosse preciso. Uma coisa, porém, eu não posso e não quero dispensar jamais: nunca poderei viver um dia sequer sem que o fundamental seja a música em meu coração. Se eu tiver que viver com o meu marido, tem que ser um cuja música interior esteja bem e finamente sintonizada com a minha; e que o seu único anelo seja o de que sua música própria seja pura e que ela soe bem para a minha. Você consegue isto, amigo? Com isto você provavelmente não continuará a se tornar famoso e a conhecer honrarias, sua casa será calma, e as rugas sobre sua testa, que eu já conheço há vários anos, todas têm que ser novamente extirpadas. Ah, Anselm, não dará certo. Veja, você é assim, tem que estudar sempre novas rugas em sua testa e preocupar-se sempre novamente, e o que eu penso e sou, você deve amar e achar bonito, mas é para você assim, como para a maioria, apenas uma brincadeira delicada. Ah, ouça-me bem: tudo o que agora é brincadeira para você é, para mim, a própria vida, e teria que ser para você também, e tudo ao qual você dedica esforço e preocupação é, para mim, brincadeira; não vale a pena, no meu entender, que se viva para isso. Eu não mudarei mais, Anselm, pois eu vivo conforme uma lei dentro de mim. Mas você, conseguirá mudar? Você precisaria mudar totalmente para que eu pudesse ser sua mulher."

Anselm calou-se tocado diante da vontade dela, que ele supunha fraca e sem seriedade. Calou-se e esmagou descuidadamente na mão irritada uma flor que havia pegado da mesa.

Íris tomou-lhe então suavemente a flor da mão — o que ele sentiu no coração como uma severa censura — e sorriu-lhe então de modo subitamente claro e amável, como se ela tivesse inesperadamente encontrado um caminho saindo da escuridão.

"Tenho uma ideia", disse ela baixinho, corando nesse instante. "Você deve achá-la estranha, ela deve parecer-lhe um capricho. Mas não é um capricho. Quer ouvi-la? E irá aceitar que ela deva decidir sobre você e sobre mim?"

Sem compreendê-la, Anselm olhou para sua amiga, temor nos traços pálidos. O sorriso dela obrigou-o a criar coragem e dizer sim.

"Eu gostaria de lhe dar uma tarefa", disse Íris, e rapidamente ficou séria novamente.

"Faça isso, é seu direito", acatou o amigo.

"Estou falando sério", disse ela, "e é a minha última palavra. Você a aceitará, tal como eu lho disser de coração, e não a barganhará e regateará, mesmo se não a entender imediatamente?"

Anselm o prometeu. Ela disse então, levantando-se e dando-lhe a mão:

"Várias vezes você me disse sentir a lembrança de algo esquecido, algo que já lhe foi importante e sagrado, toda a vez que pronuncia o meu nome. Isso é um sinal, Anselm, e isso o trouxe todos os anos até mim. Também eu acho que você perdeu e esqueceu em sua alma coisas importantes e sagradas, que devem ser novamente despertadas antes que você possa encontrar uma felicidade e atingir o que lhe foi destinado. Passe bem, Anselm! Dou-lhe a mão e lhe peço: vá e veja se você reencontra em sua memória aquilo do que você se lembrará pelo meu nome. No dia em que você o tiver reencontrado, irei como sua mulher para lá onde você quiser, e não terei mais nenhum desejo além dos seus."

Consternado, o confuso Anselm quis interrompê-la e repreender essa exigência considerando-a um capricho, mas ela o fez recordar-se de sua promessa com um claro olhar, e ele se calou completamente. Com os olhos baixos tomou-lhe a mão, levou-a até os lábios e saiu.

Ele tomara para si e resolvera muitas tarefas em sua vida, mas nenhuma fora tão estranha, importante, e, no entanto, tão desencorajadora como essa. Passou dias e dias andando para lá e para cá e refletindo com cansaço sobre isso, e sempre chegava a hora em que ele reputava com desespero e ira toda essa tarefa como um capricho louco de mulher, e descartava-a mentalmente. Mas, então, algo o contradizia profundamente dentro de si, uma dor muito delicada, secreta, um alerta muito suave, quase inaudível. Esta voz delicada em seu próprio coração dava razão a Íris, e fazia com ela a mesma exigência.

Só que essa tarefa era difícil demais para o erudito homem. Ele deveria lembrar-se de algo que há muito esquecera, ele deveria reencontrar um único fio dourado no tear dos anos submergidos, deveria agarrar algo com as mãos e levá-lo à sua amada, algo que nada mais era do que um esmorecido canto de pássaro, um átimo de prazer ou de tristeza ao ouvir uma música, algo mais delgado, fugidio e incorpóreo que um pensamento, mais diminuto que um sonho noturno, mais indefinido que uma neblina da manhã.

Às vezes, quando repelia em desânimo tudo isso de si e desistia cheio de mau humor, soprava-lhe inesperadamente algo como uma brisa de jardins distantes; ele sussurrava o nome de Íris, dez vezes, e várias vezes, levemente e brincando, como se experimenta uma nota em uma corda esticada. "Íris", sussurrou, "Íris", e com delicada dor sentiu algo se agitando dentro de si, como uma porta que se abre sozinha e uma tábua que range numa velha casa abandonada. Ele examinou as suas lembranças, que acreditava carregar bem-ordenadas consigo, e nisso acabou chegando a descobertas estranhas e desconcertantes. Seu tesouro de lembranças era infinitamente menor do que algum dia chegara a pensar. Anos inteiros estavam faltando, e estavam vazios como folhas em branco, quando ele pensava no passado. Percebeu que fazia grande esforço para novamente se lembrar com clareza de sua mãe. Esquecera completamente como se chamava uma garota de quem ele correu atrás talvez por um ano, quando moço, cortejando ardentemente. Ocorreu-lhe um cachorro, que ele comprara num capricho de estudante, e que morara e vivera com ele por um tempo. Precisou de dias para se lembrar novamente do nome do cão.

Dolorosamente via o pobre homem com crescente tristeza como a sua vida ficara para trás desfeita e vazia, sem lhe convir mais, estranha e sem vínculo com ele, como algo que se tenha aprendido de cor e do qual agora se recompõem penosamente os fragmentos vazios. Ele começou a escrever, queria, ano por ano, pôr no papel suas vivências mais importantes, a fim de tê-las de novo firmemente nas mãos. Mas onde estavam as suas vivências? Que tenha se tornado professor? Que tenha sido ora doutor, ora aluno, ora universitário? Ou que, em épocas perdidas, essa ou aquela garota lhe tenha agradado por um tempo. Assustando-se, levantou a vista: a vida fora isso? Isso fora tudo? E bateu em sua testa e riu violentamente.

Enquanto isso, o tempo corria, nunca correra tão rápido e implacável! Um ano se passara, e lhe parecia que estava ainda exatamente no mesmo lugar, no momento em que deixara Íris. Mas ele havia mudado muito nesse tempo, o que, fora ele, qualquer pessoa via e sabia. Ele se tornara tão mais velho quanto mais jovem. Tornara-se quase estranho para os seus conhecidos, encontrava-se distraído, de humor inconstante e estranho, ganhou a fama de velho extravagante, o que lhe era lamentável, mas ele teria ficado tempo demais solteiro. Parecia que ele tinha esquecido suas obrigações, e que os seus alunos esperavam à toa por ele. Aconteceu de ele se esgueirar cheio de pensamentos por uma rua, atrás das casas, esfregando de passagem com a jaqueta desgastada a poeira das fachadas. Alguns diziam que ele tinha começado a beber. Mas, em outras vezes, ele se detinha no meio de uma palestra diante de seus alunos, procurava se lembrar de algo, sorria de modo infantil e de coração confrangido, como ninguém lhe notara antes, e continuava num tom de calor e afeto, falando ao coração de muitos.

Fazia tempo que ele, em suas incursões desesperançadas em busca dos aromas e dos vestígios dispersos de anos distantes, alcançara um novo sentido, do qual, no entanto, ele próprio nada sabia. Parecia-lhe cada vez mais frequentemente que, por detrás daquilo que ele até então chamara de lembranças, encontravam-se ainda outras lembranças, tal como acontece com uma velha parede pintada, sob cujas velhas imagens escondem-se, por vezes em repouso, imagens ainda mais antigas, outrora repintadas. Quis recordar-se de alguma coisa, eventualmente do nome de uma cidade, na qual ele uma vez passara dias como um viajante, ou do aniversário de um amigo, ou de alguma coisa, e, enquanto agora escavava e revolvia um pequeno pedaço do passado como um entulho, ocorreu-lhe subitamente algo bem diferente. Foi assaltado por uma brisa, como um vento da manhã de abril ou como um dia nublado de setembro, ele aspirou um aroma, sentiu um gosto, sentiu emoções obscuras e delicadas em alguma parte, sobre a pele, nos olhos, no coração, e lentamente ficou-lhe claro:

deve ter havido outrora um dia, azul, quente ou fresco, cinza ou qualquer outro dia, e a essência desse dia deve ter agido sobre ele, deve ter ficado pendurada sobre ele como uma lembrança obscura. Ele não conseguia reencontrar no passado real o dia de primavera ou de inverno, que ele cheirava e sentia claramente, nele não havia nomes e números, talvez tenha sido na época de universitário, talvez ainda no berço, mas o perfume estava lá, e ele sentia em si algo vívido, do qual não sabia e que não conseguia denominar e determinar. Parecia-lhe às vezes que essas lembranças talvez pudessem, ultrapassando a vida, alcançar passados de uma existência anterior, embora ele sorrisse com essa ideia.

Muito tinha encontrado Anselm em suas caminhadas sem descanso pelos desfiladeiros da memória. Muito ele achou que o tocasse e comovesse, e muito, que produzisse sustos e medo, mas uma coisa ele não achou, e era o significado do nome Íris.

Uma vez ele visitou também, no martírio da incapacidade de achar, novamente a sua velha terra natal, viu novamente as florestas e travessas, as pinguelas e cercas, esteve no velho jardim de sua infância e sentiu flutuarem as vagas sobre o seu coração, o passado recobriu-lhe como sonho. Triste e calmo, ele voltou de lá. Tirou uma licença de saúde e mandou embora quem desejava encontrá-lo.

Mas uma pessoa veio até ele. Era o seu amigo, que ele nunca mais vira desde que pedira pela mão de Íris. Ele veio e encontrou Anselm sentado em desleixo em sua reclusão infeliz.

"Levante-se", disse a ele, "e venha comigo, Íris quer vê-lo."

Anselm levantou-se num pulo.

"Íris! O que há com ela? Oh, eu sei, eu sei!"

"Sim", disse o amigo, "venha comigo! Ela quer morrer, há muito ela encontra-se deitada doente."

Eles foram até Íris, que repousava sobre o sofá, leve e magra como uma criança, e sorria com a claridade de seus olhos aumentados. Ela deu a Anselm a sua mão de criança branca e leve, que pousava como uma flor na mão dele, e o seu rosto parecia transfigurado.

"Anselm", disse, "você está zangado comigo? Eu lhe dei uma tarefa difícil, e vejo que você permaneceu fiel a ela. Continue buscando, e siga este caminho até que chegue ao objetivo! Você pensava estar seguindo esse caminho por minha causa, mas o está por sua causa. Você sabe disso?"

"Eu o intuía", disse Anselm, "e agora eu sei. É um longo caminho, Íris, e eu há muito teria retornado, mas não achei mais nenhum retorno. Eu não sei o que vai ser de mim."

Ela olhou-o nos olhos tristes e sorriu iluminada e consoladora, ele curvou-se sobre a sua mão fina e chorou tanto tempo que a mão dela ficou molhada de lágrimas.

"O que vai ser de você", disse com uma voz que era como um brilho de lembrança, "o que vai ser de você, você não deve perguntar. Você procurou muito em sua vida. Você procurou a dignidade, e a felicidade, e o saber, e me procurou, a sua pequena Íris. Todas estas foram apenas imagens bonitas, e elas o abandonaram, assim como eu terei de abandoná-lo agora. Comigo também foi assim. Sempre procurei, e sempre foram imagens belas e queridas, e elas sempre se desprendiam e murchavam. Agora não sei mais de nenhuma imagem, não procuro mais nada, voltei para casa e tenho apenas que dar ainda um pequeno passo, então estarei na terra natal. Você também irá para lá, Anselm, e não terá mais nenhuma ruga sobre a sua testa."

Ela estava tão pálida que Anselm chamou desesperado: "Oh, espere ainda, Íris, não se vá! Dê-me um sinal de que ainda não a perdi completamente!"

Ela assentiu com a cabeça e pegou ao seu lado um copo, e lhe deu um lírio azul que acabara de desabrochar.

"Aqui, pegue minha flor, a íris, e não me esqueça. Procure-me, procure a Íris, que então você chegará até mim."

Chorando, Anselm segurou a flor nas mãos, e chorando despediu-se. Quando o amigo lhe enviou a notícia, ele retornou e ajudou a enfeitar com flores o seu caixão e a enterrá-lo.

Então a sua vida desabou atrás de si, não lhe parecia possível continuar tecendo este fio. Desistiu de tudo, abandonou cidade e emprego, e desapareceu no mundo. Foi visto aqui e ali, apareceu na sua cidade natal e debruçou-se sobre a cerca do velho jardim, mas quando as pessoas perguntavam por ele e queriam acolhê-lo, ele se tinha ido e desaparecido.

Ele continuou a amar a flor-de-lis. Agachava-se frequentemente sobre uma, onde quer que a visse, e, quando pousava longamente o olhar em seu cálice, parecia-lhe que do fundo azulado bafejavam-lhe o aroma e o pressentimento de tudo o que se fora e o que estava por vir, até que ele se ia triste, porque tal consumação não se dava. Era como se ele espreitasse através de uma porta semiaberta e ouvisse os mais graciosos segredos respirando atrás dela, e, no instante em que achava que agora com certeza ganharia tudo e tudo se realizaria, a porta encontrava-se fechada e o vento do mundo vagueava frio através de sua solidão.

Em seus sonhos lhe falava a mãe, cuja figura e rosto ele sentia agora tão distinta e próxima como não sentia havia longos anos. E Íris falava com ele, e, quando acordava, reverberava nele algo junto ao qual ele se detinha em reflexões o dia inteiro. Não tinha mais residência, andava anônimo pelas terras, dormia em casas, dormia em florestas, comia pão ou comia frutinhas, bebia vinho ou bebia orvalho das folhas dos arbustos, isso não lhe interessava. Para muitos ele era um louco, para muitos um feiticeiro, muitos o temiam, muitos riam dele, muitos o amavam. Ele aprendia, coisa que nunca pudera, a estar com crianças e a tomar parte em suas estranhas brincadeiras, a conversar com um galho quebrado e com uma pedrinha. Inverno e verão passavam por ele, olhava para dentro de um cálice de flor, de um riacho e de um lago.

"Imagens", dizia por vezes para si, "tudo somente imagens." Mas dentro de si ele sentia um ser que não era imagem, ao qual seguia, e o ser podia de vez em quando falar dentro dele, e a sua voz era a de Íris e a da mãe, e ela era consolo e esperança.

Coisas espantosas encontravam-lhe, e elas não o espantavam. E assim foi um dia na neve, em um chão de inverno, e o gelo havia crescido em sua barba. E na neve estava pontiagudo e esbelto um pé de íris, que projetava uma bela flor solitária, e ele abaixou-se em sua direção e sorriu, pois reconheceu então aquilo que Íris repetidamente lhe recordara. Ele reconheceu novamente o seu sonho infantil, e viu entre bastões dourados o caminho azul-claro de nervuras claras conduzindo ao segredo e ao coração da flor, e sabia que ali estava o que ele buscava, ali estava o ser que não era mais uma imagem.

E novamente chegavam-lhe recordações, conduziam-no sonhos; e ele chegou a uma cabana, lá estavam crianças, elas lhe deram leite, e ele brincou com elas, e elas lhe contaram histórias, e contaram-lhe que na floresta teria acontecido um milagre entre os carvoeiros. Lá, via-se aberto um portão dos espíritos que somente se abria de mil em mil anos. Ele escutava e assentiu com a cabeça à graciosa imagem, e seguiu caminho;

um pássaro cantou diante dele numa moita de amieiro, ele tinha um voz rara, doce, como a voz da falecida Íris. Ele seguiu-o, este voava e saltava mais e mais, sobre o regato e lá longe para dentro de todas as florestas.

Quando o pássaro se calou, e não mais se podia ouvir nem ver, Anselm estacou e olhou à sua volta. Estava num vale profundo na floresta; sob largas folhas verdes passava quase em silêncio um córrego, fora isso estava tudo silencioso e em espera. Em seu peito, porém, o pássaro continuou a cantar, com a voz querida, e o continuou fazendo até que ele chegou junto a uma encosta na rocha, ela estava coberta de musgos, e no meio dela abria-se uma fenda; esta conduzia apertada e estreita para o interior da montanha.

Um homem velho sentava-se diante da fenda, ele ergueu-se ao ver Anselm chegando, e exclamou: "Para trás, homem, ei, para trás! Esta é a porta dos espíritos. Todos os que por ela entraram nunca mais retornaram."

Anselm olhou para cima e para dentro da porta rochosa, ali viu no fundo um caminho azul perder-se na montanha, e colunas douradas postavam-se estreitas em ambos os lados, e o caminho inclinava-se para dentro e para baixo, como lá para o interior do cálice de uma flor colossal.

Em seu peito o pássaro cantava claramente, e Anselm passou caminhando pelo guardião e entrou na fenda, passando pelas colunas douradas, rumo ao segredo azul do interior. Era Íris, cujo coração ele penetrava, e era a flor-de-lis no jardim da mãe, em cujo cálice azul ele entrava flutuando, e quando silenciosamente foi ao encontro do crepúsculo dourado, então possuiu consigo de uma só vez toda lembrança e todo conhecimento, sentiu a sua mão, e ela era pequena e macia, vozes do amor soaram próximas e familiares em seu ouvido, e elas soaram assim, e as colunas douradas brilharam assim, tudo lhe ressoava e se lhe iluminava como naquela época das primaveras da infância.

E também ali estava novamente o seu sonho, que sonhara enquanto garoto pequeno, de caminhar lá para baixo no cálice; e atrás dele caminhava e deslizava juntamente todo o mundo de imagens, e afundava no segredo localizado atrás de todas as imagens.

Baixinho começou Anselm a cantar, e seu caminho inclinou-se levemente para baixo, para a terra natal.

Noite em abril

Azul e florescência
Violeta e tinto vinho
Ó, sentia sua incandescência
Em minha alma em desalinho.

Chego à casa tarde
À janela há muito estou,
Sonhos me invadem,
Meu coração se assustou.

Tão plena vida a abala,
Minha alma põe-se a tremer.

Para quem devo dá-la?
Querida, dou-a a você.

Expectativa de aventura

A PRIMEIRA ALDEIA NO LADO sul das montanhas. Somente aqui começa para valer a vida de caminhante que amo, o flanar sem objetivo, acampar ao sol, a vagabundagem liberada. Sou muito inclinado a viver da mochila e a ter calças desfiadas.

Enquanto vou liberando o vinho do cantil, vem-me subitamente à lembrança Ferruccio Busoni. "Você está parecendo tão rural", disse-me a querida pessoa com um toque de ironia, quando nos vimos da última vez, não faz muito tempo, em Zurique. Andreae tinha regido uma sinfonia de Mahler, sentávamos juntos no restaurante habitual, eu me alegrava novamente junto à cara embaciada de fantasma de Busoni e com a lépida consciência deste antifilisteu que ainda hoje possuímos, o mais brilhante de todos.

Por que essa lembrança agora?

Já sei! Não é no Busoni que eu estou pensando, nem em Zurique, nem em Mahler. Estes são os enganos habituais da memória quando se topa com algo desconfortável. Ela então gosta de pôr em primeiro plano imagens inofensivas. Agora eu sei! Naquele restaurante sentava-se também uma jovem mulher, loura-clara e de faces bem vermelhas, com quem não troquei qualquer palavra. Que anjo! Vê-la era prazer e tormento, como eu a amei durante aquela hora! Voltei aos meus dezoito anos.

De súbito tudo fica claro. Mulher bela, loura-clara, divertida! Não sei mais como tu te chamas. Amei-te por uma hora, e te amo ainda novamente na ruazinha ensolarada da aldeia de montanha, por uma hora. Ninguém te amou mais do que eu, ninguém jamais te concedeu tanto poder sobre si quanto eu, poder incondicional. Mas estou condenado à infidelidade. Sou daqueles fanfarrões que amam não uma mulher, mas somente o amor.

Nós andarilhos temos todos essa índole. Nosso ímpeto em andar e vagabundagem é em grande parte amor, erotismo. O romantismo de viagem é, numa metade, tão somente expectativa de aventura. Mas na outra é impulso inconsciente de transformar e dissolver o elemento erótico. Nós andarilhos estamos treinados a acalentar desejos de amor exatamente em função de sua irrealizabilidade, e a distribuir brincando aquele amor propriamente feminino por aldeia e montanha, lagoa e desfiladeiro, pelas crianças no caminho, pelo mendigo na ponte, pelo gado no pasto, pelo pássaro, borboleta. Nós desprendemos o amor do objeto, o próprio amor nos é suficiente, da mesma forma que não buscamos o fim no caminhar, mas somente o próprio prazer de caminhar, o fato de estar a caminho.

Jovem mulher com rosto fresco, eu não quero saber o teu nome. Meu amor por ti eu não quero nem acalentar nem cevar. Tu não és o objetivo de minha vida, mas a sua motivação. Eu faço doação desse amor, às flores no caminho, ao raio de sol no copo de vinho, à cúpula vermelha da torre da igreja. Tu me fazes ficar apaixonado pelo mundo.

Ah, conversa — fiada! Hoje à noite, na cabana da montanha, sonhei com a mulher loura. Eu estava absurdamente apaixonado por ela. Eu teria dado todo o resto de minha vida, junto com todas as alegrias do caminhar, para que ela tivesse estado comigo. Dela me lembro hoje o dia inteiro. Por ela bebo vinho e como pão. Por ela desenho aldeia e torre em meu caderninho. Por ela eu agradeço a Deus — que ela viva, que eu a possa ver. Por ela eu farei uma canção e me embriagarei neste vinho tinto.

E assim me foi determinado que meu primeiro descanso no alegre sul pertença à saudade de uma mulher loura-clara do lado de lá das montanhas. Como era bela a sua boca fresca! Como é bela, como é estúpida, como é encantada essa pobre vida!

A uma mulher

Meu amor tem um valor fugaz,
Vou queimando, mas não sei bem como,
Sou corisco que da nuvem vai,
Sou clamor do vento em assomo.

Mas o amor me apraz, e farto e certo,
Quero entrega, quero frenesi,
Lágrimas me seguem longe e perto
Que, estrangeiro, não me prendo aqui.

Fiel somente à minha estrela sou,
Que em meu peito aponta lá pra ruína,
Que transforma o prazer em dor,
Que o meu ser, entanto, aprova e estima.

Tenho de ser caçador e sedutor,
O prazer que espalho é breve chama,
De amargura, sou-lhes professor,
A morte é minha guia, minha ama.

Era um amante...

Era um amante que amava sem esperança. Recolheu-se à sua alma, e achava que estava queimando de amor. O mundo se lhe perdera, ele não via mais o céu azul e a floresta verde, o regato não lhe murmurava, a harpa não lhe ressoava, tudo se afundara, e ele tornara-se pobre e miserável. Mas o seu amor crescia, e ele preferia de longe morrer e degradar-se a renunciar à posse da bela mulher que amava. Então percebeu como o seu amor queimara todo o resto dentro dele, tornando-se poderoso e mais e mais atraente; e a bela mulher teve de seguir, ela veio, ele estava de braços estendidos para puxá-la para si. Mas, quando diante dele, ela se encontrou completamente transformada, e com horror ele sentiu e compreendeu que atraíra para si todo o mundo perdido. Ela estava diante dele e devotava-se a ele, céu e floresta e regato, tudo veio com novas cores com frescor e formosura em sua direção, pertencia a ele, falava a sua língua. E, em vez de simplesmente ganhar uma mulher, tinha ele todo o mundo no coração, e cada estrela no céu nele ardia e irradiava prazer através de sua alma. Ele tinha amado, e tinha com isso encontrado a si mesmo. Mas, em sua maioria, as pessoas amam com o objetivo de se perder.

Mon rêve familier
traduzido do francês de Paul Verlaine

Eu sempre sonho com a desconhecida,
Já muita vez em sonho aparecida.

Nós nos amamos, e ela com carinho
Ajeita meu cabelo em desalinho.

E compreende o enigma do meu ser
Nas dobras do meu coração o vê.

Me indagas: qual é sua cor? Não sei.
Mas sei que encantadora é sua tez.

E como se chama? Não sei. No entanto,
Seu nome é doce qual longínquo canto

Lembra alguém que chamaste: querida
Que, longe, nunca mais verás em vida.

E em sua voz escura reverberam
Vozes de amadas que já faleceram.

Klingsor a Edith

Querida estrela no céu de verão!

Quão bom e verdadeiro foi o que você me escreveu, e quão dolorosamente clama por mim o teu amor, que sofrimento eterno, que censura eterna. Mas tu estás no bom caminho, quando confessas para mim, para ti mesmo, todo sentimento do coração. Somente não chame nenhum sentimento de pequeno, nenhum sentimento de indigno! Bom, muito bom é cada um, mesmo o de ódio, mesmo o de inveja, mesmo o de ciúme, mesmo o de crueldade. Não vivemos de nada além das nossas emoções pobres, belas, magníficas, e cada uma a que fazemos injustiça é uma estrela que apagamos.

Se eu amo Gina, isto eu não sei. Duvido muito disto. Eu não faria sacrifícios por ela. De mais a mais, eu não sei se sei amar. Eu consigo desejar, consigo buscar-me em outras pessoas, auscultar ecos, exigir um espelho, sei buscar prazer, e tudo o que possa parecer amor.

Vamos nós dois, você e eu, pelo mesmo labirinto, pelo labirinto de nossas emoções, que neste mundo mau se tornaram tão poucas, e, por conta disso, nos vingamos, cada um à sua maneira, deste mundo malvado. Mas queremos que sigam existindo os sonhos um do outro, porque sabemos quão vermelho e doce é o gosto do vinho dos sonhos.

Clareza dos seus sentimentos e do "alcance" e consequências de suas ações têm apenas as pessoas boas, asseguradas, que creem na vida e não dão nenhum passo que não possam aprovar também amanhã e depois de amanhã. Eu não tenho a sorte de ser uma dessas pessoas, e sinto e ajo como alguém que não crê no amanhã e que vê cada dia como o último.

Querida mulher esbelta, tento exprimir sem sucesso os meus pensamentos. Pensamentos expressos são sempre tão mortos! Deixemo-los viver! Sinto com profundidade e gratidão como você me entende, como tenho afinidade com algo em você. De que maneira deve ser inscrito no livro da vida se os nossos sentimentos são amor, volúpia, gratidão, se eles são maternais ou infantis, isso eu não sei. Frequentemente eu vejo cada mulher como um velho libertino escolado, e frequentemente como um pequeno garoto. Frequentemente, a mais casta mulher é para mim a mais atraente, frequentemente a mais exuberante. Tudo é belo, tudo é sagrado, tudo o que posso amar é infinitamente bom. Por que, quanto tempo, em que medida, isso não se pode medir.

Eu não amo somente você, você o sabe, eu não amo somente Gina, amarei amanhã e depois de amanhã outros quadros, pintarei outros quadros. Mas não me arrependerei de nenhum amor que tenha sentido, e de nenhuma sabedoria ou estupidez que por ele eu tenha cometido. A você eu talvez ame, porque você me é semelhante. A outros eu amo por serem tão diferentes de mim.

É tarde da noite, a lua está no zênite. Como a vida ri, como ri a morte!

Jogue a tola carta ao fogo, e jogue ao fogo

Seu Klingsor

Relampejar

RAIO AGITA A MADRUGADA,
O jasmim, de estranha luz,

Como estrela assustada,
Em tua fronte estranho fulge.

À tua força ofertamos,
Noite estranha em céu sem vento,
Beijos, rosas, que trocamos,
Em opaco desalento.

Beijos sem felicidade
Foscos, que não nos contentam
Rosas tenras que mais tarde
Ressecadas vão-se ao vento.

Um amor que nos desvaira,
Febres e emoções de menos!
Sobre nós um tempo paira
Que anelamos e tememos.

Penso frequentemente: toda a nossa arte é meramente um substituto, um substituto cansativo, e pago dez vezes por um preço alto demais, pela vida não aproveitada, a animalidade não aproveitada, o amor não aproveitado. Mas, claro, a coisa não é assim. É bem diferente. O sensual é superestimado, quando o espiritual é visto apenas como um substituto urgente para o sensual ausente. O sensual não vale um fio de cabelo a mais do que o espírito, tampouco como vice-versa. Tudo é uno, tudo é igualmente bom. Se você abraça uma mulher ou faz um poema, dá no mesmo. O que importa é que o principal esteja ali, o amor, o ardor, a comoção, então tudo é uma coisa só, seja você um monge no monte Athos ou um estroina em Paris.

O QUE ME É VANTAJOSO no pensamento ou na arte é o que me traz com frequência dificuldades na vida, particularmente com as mulheres: que eu não consiga fixar o meu amor, que eu não consiga amar Algo ou Uma; mas que eu antes tenha a necessidade de amar a vida e o amor de um modo geral.

O PRINCÍPIO DE TODA ARTE é o amor; o valor e o alcance de toda arte são determinados principalmente pela habilidade do artista para o amor.

Reencontro

ESQUECESTE COMPLETAMENTE
Que um dia o teu braço no meu pendia
E o gozo fremente
Da tua mão a minha mão,
Da minha boca a tua transia,
E que o teu cabelo dourado
Outrora, por uma fugidia estação
Foi do meu amor o manto sagrado,
E que o mundo, com aromas e sons de então,
Agora tão amuado se encontra, sem vez,
Sem o embalo das torres de amor, de alguma insensatez?
O que um e outro sofremos
O tempo apaga, o coração esquece;
As venturas, entanto, que vivemos
Num brilho repousam, que nunca fenece.

O que o poeta viu à noite

O DIA DE JULHO NO sul ia caindo ardente, as montanhas nadavam na névoa azul de verão com cumes rosados, nos campos cozinhava abafadamente o pesado plantio, com exuberância elevava-se o milho alto e grosso, em muitos campos de trigo o cereal já estava cortado, no cheiro de pó morno e repleto de farinha da estrada fluíam doces e demasiadamente maduros os muitos aromas florais dos campos e jardins. No verde espesso a terra retinha ainda o calor do dia, as aldeias irradiavam de fachadas douradas um rebrilho quente em direção ao crepúsculo que se iniciava.

De uma aldeia para outra ia pela quente estrada um casal de namorados, ia lentamente e sem destino, adiando a despedida, por vezes com as mãos desprendidas uma na outra, às vezes entrelaçados, ombro a ombro. Iam belos e flutuantes, luzindo em leves trajes de verão, sobre sapatos brancos, com as cabeças descobertas, atraídos pelo amor, na leve excitação noturna, a garota com rosto e colo brancos, o homem bem queimado, ambos esguios e aprumados, ambos bonitos, ambos tornados um só na emoção da hora, e como se nutridos e movidos por um coração; ambos, porém, profundamente diferentes e distantes um do outro. Era o momento no qual uma camaradagem queria se transformar em amor e uma brincadeira em destino. Ambos sorriam, e ambos estavam sérios até uma quase tristeza.

Ninguém ia a essa hora pela rua entre as duas aldeias, os trabalhadores do campo estavam já de folga. Próximo a uma chácara, que se divisava com claridade entre árvores como se ainda estivesse ao sol, os amantes se detiveram e se abraçaram. Com suavidade o homem conduziu a garota até a beira da rua, percorrida por um muro baixo; sentaram-se sobre ele para ficarem ainda juntos, para não terem de entrar na aldeia e de ficar entre pessoas, para não gastarem já o resto do caminho em comum. Silenciosamente sentavam-se sobre o muro, entre cravos e arbustos de quebra-pedra, caramanchão sobre si. Pelo pó e aroma vinham sons de lá da aldeia, brincadeira de criança, chamado de uma mãe, gargalhadas masculinas, um piano velho distante e tímido. Silenciosos estavam eles sentados, apoiando-se um no outro, não falavam, sentiam a folhagem em comum ensombrecer sobre si, aromas errarem em torno de si, ar quente arrepiar num primeiro pressentimento de orvalho e de friagem.

A garota era jovem, era muito jovem e bonita, o pescoço claro e alto saía esbelto e magnífico da roupa leve, os braços e mãos claras saíam esbeltos e longos das mangas largas e curtas. Ela amava o seu namorado, ela acreditava amá-lo muito. Ela sabia muito sobre ele, o conhecia tão bem, foram tanto tempo namorados. Lembravam-se frequentemente, por alguns instantes, também de sua beleza e de seu sexo, retardavam delicadamente um aperto de mão, beijavam-se rapidamente e de brincadeira. Ele tinha sido namorado dela, um pouco também seu conselheiro e confidente, o mais velho, o que sabia mais, e somente às vezes, por instantes, um vago relâmpago vibrava sobre o céu de seu namoro, lembrança breve e encantadora de que entre eles existia não somente confiança e camaradagem, de que também estava no jogo a vaidade, também a doce inimizade e a atração dos sexos. Agora isso queria amadurecer, agora esta outra coisa abria o caminho a fogo.

Bonito também era o homem, mas sem a juventude e sem a floração interior da garota. Ele era muito mais velho do que ela, saboreara amor e destino, vivenciara naufrágio e nova partida.

Reflexão e autoconsciência estavam severamente inscritas em seu rosto magro e bronzeado, destino vincado na testa e nas faces. Nesta noite, no entanto, ele olhava suave e devoto. Sua mão brincava com a mão de menina, percorria leve e parcimoniosa sobre braço e nuca, sobre ombros e peito da namorada, pequenos caminhos do afeto. E enquanto a boca desta, proveniente do rosto tranquilo e crepuscular, ia amorosa e esperançosa ao encontro dele, enquanto a afetuosidade lhe fervia, e a fome ascendente de paixão, ele se lembrava sem parar e sabia que muitas outras amadas tinham andado com ele do mesmo modo através de noites de verão; que sobre outros braços, sobre outros cabelos, sobre outros ombros e cinturas os seus dedos tinham percorrido estes mesmos caminhos delicados, que ele treinava o que já aprendera, repetia o que já vivenciara, que toda a torrente de emoção desse momento era para ele algo diferente do que era para a garota, algo belo e agradável, porém não mais algo novo, não mais inédito, não mais primevo e sagrado.

Posso sorver também essa poção, pensava ele, ela também é doce, ela também é maravilhosa, e posso amar esse jovem botão talvez melhor, com mais conhecimento, mais cuidadoso, mais delicadamente do que o poderia um adolescente, do que eu mesmo o teria podido há dez, quinze anos. Posso mantê-la mais delicadamente, mais prudentemente, amavelmente sobre a soleira da primeira experiência do que qualquer outro, posso deleitar-me com este vinho caro e nobre com mais nobreza e gratidão do que um jovem. Mas não posso esconder-lhe que após a embriaguez vem a saciedade; eu não posso, para além da primeira embriaguez, bancar para ela um apaixonado tal como ela o sonha, alguém que nunca ficou sóbrio. Eu a verei tremer e chorar, e estarei frio e secretamente impaciente. Eu terei medo do instante, tenho medo desde já do instante em que ela terá que saborear o desengano com olhos que despertam, em que o seu rosto se franzirá num repentino temor pela perda da meninice.

Eles estavam sentados calados sobre o muro de ervas florescentes, espremidos um ao outro, às vezes sobressaltados pela volúpia e mais estreitamente impelidos um ao outro. Só raramente eles diziam alguma palavra, uma palavra balbuciante, infantil: querido — meu bem — filha — tu me amas?

Então, saída da chácara, cujo brilho no escuro da folhagem também começava a empalidecer, veio uma criança, uma pequena menina, talvez de dez anos, descalça, sobre pernas esguias e bronzeadas, no curto vestido escuro, com longo cabelo escuro sobre a face castanho-pálida. Brincando ela veio de lá, indecisa, algo embaraçada, uma corda de pular na mão, sem barulho corriam seus pés sobre a rua. Ela veio brincalhona de lá, trocando de passo, em direção ao lugar onde se sentavam os que se amavam. Ela andou mais lentamente quando veio na direção deles, como se não estivesse gostando de passar por ali, como se algo a atraísse para ali, como uma mariposa noturna é atraída por um flox. Baixinho ela cantou sua saudação "buona sera". A garota maior do muro acenou simpaticamente com a cabeça lá para o outro lado, simpaticamente gritou o homem para ela "ciao, cara mia".

A criança passou ao largo, lentamente, contra a vontade, e hesitou mais e mais, parou após cinquenta passos, virou-se, hesitante, chegou novamente mais próximo, passou perto do casal de namorados, olhou embaraçada e sorridente para lá, prosseguiu, desapareceu no jardim da chácara.

"Como ela era bonita!", disse o homem.

Pouco tempo transcorreu, pouco se aprofundou o crepúsculo, quando a criança saiu novamente do portão do jardim.

Permaneceu parada um instante, pôs secretamente o olho ao longo da rua, perscrutou o muro, o caramanchão, o casal de namorados. Então a criança começou a correr, correu numa marcha rápida sobre solas nuas e elásticas da rua para cá, passando pelo casal, virou-se correndo, correu até o portão do jardim, parou por um minuto, e correu novamente, e ainda mais duas vezes, três vezes na sua marcha silenciosa e solitária.

Calados contemplavam-na os namorados, como ela corria, como se virava, como o curto vestido escuro batia em volta das esguias pernas infantis. Eles sentiram que esse trote era em função deles, que um encanto irradiava deles, que esta pequena menina sentia no seu sonho infantil a intuição do amor e da silenciosa embriaguez do sentimento.

A corrida da garota tornava-se agora uma dança, flutuante ela chegava mais perto, balançando-se, trocando de passo. De modo solitário dançava sobre a rua branca a pequena figura na noite. Sua dança era uma homenagem, sua pequena dança infantil era uma canção e uma oração ao futuro, ao amor. Séria e devotada ela realizava o seu sacrifício, flutuava para cá, flutuava dali, e perdeu-se ao final, retornando ao escuro jardim.

"Ela estava enfeitiçada por nós", disse a namorada. "Ela pressentiu amor."

O namorado calou-se. Pensou: talvez essa criança tenha fruído em sua pequena dança inebriante algo mais bonito e mais pleno do amor do que alguém já tenha vivido. Pensou: talvez nós dois agora já tenhamos fruído o melhor e o mais íntimo de nosso amor, e o que ainda pode vir é resto insípido.

Ele se levantou e ergueu sua namorada do muro.

"Você tem que ir", disse ele, "ficou tarde. Eu a acompanho até a encruzilhada."

Adormecida estava a chácara e o jardim quando eles passaram pelo portão. Flores de romãzeira pendiam sobre o portão, o seu alegre vermelho ressoava ainda claramente na madrugada que baixava.

Entrelaçados foram eles até a encruzilhada. Na despedida, beijaram-se calorosamente, apartaram-se, discreparam, ambos ainda se viraram, beijaram-se novamente, o beijo não trouxe mais felicidade, apenas um desejo mais quente. A garota começou a se afastar rapidamente, durante muito tempo ele acompanhou-a com os olhos. E, mesmo neste instante, existia nele passado, o que se foi olhava-o nos olhos: outras despedidas, outros beijos noturnos, outros lábios, outros nomes. Foi acometido de tristeza, lentamente retornou por sua rua, estrelas divisavam-se por entre as árvores.

Nessa noite, que ele não dormiu, seus pensamentos chegaram a esta conclusão:

É inútil repetir o que se foi. Posso ainda amar várias mulheres, talvez por vários anos ainda o meu olho será claro, e minha mão carinhosa, e o meu beijo agradável para as mulheres. Então terá de haver despedida. Então, a despedida, que hoje posso fazer espontaneamente, será feita no fracasso e no desespero. Então, a renúncia, hoje uma vitória, será ainda apenas um ultraje. Por isso tenho que renunciar hoje ainda, tenho que me despedir hoje ainda.

Muito já aprendi, muito terei ainda que aprender. Da criança tenho que aprender, ela que nos encantou com a sua dança silenciosa. Nela o amor floresceu, quando foi vista à noite por um casal de namorados. Uma onda temporã, um pressentimento belo-escrupuloso do prazer correu pelo sangue dessa criança, e ela começou a dançar, pois não sabia amar. Assim também eu tenho de aprender a dançar, tenho de transformar o desejo de prazer em música, sensualidade em oração. Então saberei sempre amar, então nunca mais precisarei repetir inutilmente o que já se foi. Quero seguir esse caminho.

O amante

O TEU AMADO ACESO SE encontra,
Na noite amena, ainda enlevado
Em teu olhar, cabelo e beijo — escuras sombras,
Ó lua e estrela e névoa azulada!
Meu sonho alça extenso voo,
Gargantas, mares, nada o detém,
Acaba em espuma, após jorrar revolto,
É sol, é qualquer ente,
Para ficar, somente,
Junto de ti, meu bem.
Saturno dista, e a lua eu não avisto,
Apenas vejo, pálido, teu rosto,
E vai-se a calma e a euforia,
Ficamos, só nós dois,
O céu e o mar nos envolviam
Nas profundezas do depois,
Lá dentro nos perdemos,
Então morremos, e renasceremos.

Metamorfoses de Piktor
Um conto de fadas

Mal tinha Piktor ingressado no paraíso quando ele se deparara com uma árvore, que era ao mesmo tempo homem e mulher. Piktor cumprimentou a árvore com reverência, e perguntou: "Tu és a árvore da vida?" Mas quando, em vez da árvore, a cobra quis lhe responder, ele lhe deu as costas e continuou andando. Ele era todo olhos, tudo o agradava muito. Pressentiu com clareza que estava em sua pátria, e junto à fonte da vida.

E viu novamente uma árvore, que era simultaneamente sol e lua.

Piktor disse: "Tu és a árvore da vida?"

O sol assentiu com a cabeça e riu, a lua assentiu com a cabeça e sorriu.

As flores mais maravilhosas olharam para ele, com múltiplos olhos e rostos. Algumas assentiam e riam, algumas assentiam e sorriam, algumas não assentiam e não sorriam: elas se calavam ébrias, absortas em si mesmas, como bêbadas em seu próprio aroma. Uma cantava a canção do lilás, uma cantava a canção azul-escuro do cochilo. Uma das flores tinha grandes olhos azuis, uma outra lhe recordava o seu primeiro amor. Uma recendia ao jardim da infância, seu doce aroma soava como a voz da mãe. Uma outra lhe sorria, e espichava em sua direção uma língua vermelha arqueada. Ele lambeu-a, tinha um gosto forte e selvagem, de resina e mel, e também do beijo de uma mulher. Entre todas as flores estava Piktor, cheio de saudade e de alegria medrosa. Seu coração, como se fora um sino, batia pesado, batia muito; ardia seu anelo nostálgico na direção do desconhecido, do encantadoramente pressentido.

Piktor viu um pássaro sentado, viu-o sentado na grama e fulgindo em cores, o pássaro parecia possuir todas as cores. Ao belo pássaro colorido ele perguntou: "Ó pássaro, onde está a felicidade?"

"A felicidade", disse o belo pássaro, e riu com o seu bico dourado, "a felicidade, ó amigo, está em toda parte, na montanha e no vale, na flor e no cristal."

Com essas palavras sacudiu o alegre pássaro sua plumagem, arrulhou com a garganta, meneou a cauda, piscou com o olho, riu mais uma vez; ficou então sentado imóvel, sentava-se silenciosamente na grama, e veja: o pássaro transformara-se agora em uma flor colorida, as penas em folhas, as garras em raízes. No esplendor das cores, no meio da dança, virou uma planta. Piktor viu isso com espanto.

E, logo em seguida, a flor-pássaro movimentou as suas folhas e estames, estava novamente farta de sua condição de flor, não tinha mais nenhuma raiz, tocou-se levemente, alçou-se em lenta flutuação, e transformou-se numa borboleta; ela agitava-se flutuante, sem peso, sem luz, o rosto bem luminoso. Piktor arregalou os olhos.

A nova mariposa, porém, a borboleta-flor-pássaro contente e colorida, o rosto de cores iluminado voava à volta do espantado Piktor, cintilava no céu, alojou-se no chão suavemente como um floco, ficou sentado bem junto aos pés de Piktor, respirou delicadamente, tremeu um pouco com as asas brilhantes, e logo se transformou num cristal colorido, de cujas arestas irradiava uma luz vermelha. Maravilhosamente luzia da grama e do ervaçal verde, claro como um repique festivo, a pedra preciosa vermelha. Mas a sua pátria, o interior da Terra, parecia chamá-lo; rapidamente ele diminuiu de tamanho e ameaçou afundar-se.

Piktor colheu, então, movido por um desejo sobrepujante, a pedra que desaparecia, e trouxe-a para si. Com encanto olhou para dentro da sua luz mágica, que parecia irradiar em seu coração um pressentimento de toda bem-aventurança.

Subitamente, no galho de uma árvore morta, a cobra enroscou-se e silvou-lhe no ouvido: "A pedra te transforma no que quiseres. Dize-lhe rapidamente teu desejo, antes que seja tarde!"

Piktor assustou-se, e temeu deixar escapar sua felicidade. Rapidamente disse a palavra e transformou-se numa árvore. Pois por várias vezes desejara ser uma árvore, porque as árvores lhe pareciam ser tão cheias de tranquilidade, vigor e dignidade.

Piktor tornou-se uma árvore. Ele expandiu suas raízes dentro da terra, espichou-se para o alto, folhas brotavam, e galhos de seus membros. Ele ficou muito contente com isso. Sugava profundamente com fibras sedentas a terra fria, e ondulava altaneira com as suas folhas no azul. Besouros moravam em sua casca, a seus pés moravam lebre e porco-espinho, nos seus galhos, os pássaros.

Piktor, a árvore, era feliz e não contava os anos que se passaram. Muitos anos se foram antes que ele notasse que sua felicidade não era completa. Lentamente aprendeu ele apenas a olhar com os seus olhos-de-árvore. Finalmente ele via, e tornou-se triste.

É que ele via que à sua volta, no paraíso, os seres se metamorfoseavam muito frequentemente, que tudo fluía mesmo numa corrente encantada de eterna metamorfose. Ele via flores transformarem-se em pedras preciosas, ou saírem voando como fulgurantes colibris. Ele viu muita árvore desaparecer subitamente ao seu lado: uma se desfez em fonte, outra virou um crocodilo, uma outra saía nadando dali alegre e fria como peixe, cheia de sentimentos de desejo, com sentidos vivos, para dar início a novas brincadeiras em novas formas. Elefantes assumiam sua roupagem de rochas, girafas assumiam sua forma de flores.

Mas ele mesmo, a árvore Piktor, permanecia sempre o mesmo, não podia mais transformar-se. Desde que reconheceu isto, sua felicidade se foi; ele começou a envelhecer e assumia cada vez mais aquela atitude cansada, séria e preocupada que se pode observar em muitas árvores velhas. Também em cavalos, em pássaros, em pessoas e em todos os seres pode-se ver isto diariamente: se eles não possuem o dom da metamorfose, decaem com o tempo em tristeza e atrofia, e sua beleza se perde.

Um dia, então, uma jovem garota perdeu-se naquele lugar do paraíso, num cabelo louro, num vestido azul. Cantando e dançando ia a loura correndo sob as árvores, e até aquele momento não tinha pensado em desejar o dom da metamorfose.

Vários macacos espertos sorriam ao seu encalço, muitos arbustos roçavam-lhe delicadamente com uma ramagem, muitas árvores lhe arremessavam um botão, uma noz, uma maçã, sem que ela prestasse atenção a isso.

Quando a árvore Piktor avistou a garota, foi tomado por uma grande nostalgia, um desejo de felicidade como nunca sentira antes. E, simultaneamente, foi tomado por uma profunda reflexão, pois a ele parecia que o seu próprio sangue lhe exclamasse: "Medita! Lembra-te nesta hora de tua vida inteira, encontra o sentido, senão será tarde, e nunca mais uma felicidade poderá chegar para ti." E ele obedeceu. Ele recordou-se de toda a sua origem, de seus anos de gente, de seu cortejo até o paraíso, e muito particularmente daquele instante antes de se transformar em árvore, daquele instante maravilhoso, quando reteve nas mãos a pedra encantada. Naquela época, quando toda metamorfose se lhe oferecia, a vida lhe ardera como nunca! Lembrou-se do pássaro, que rira então, e da árvore com o sol e a lua; foi tomado pelo pressentimento de que deixara escapar algo à época, de que esquecera algo, e de que o conselho da cobra não fora bom.

A garota ouvia nas folhas da árvore Piktor um rumor, elevou a vista e sentiu, com súbita dor no coração, novas ideias, novos anelos, novos sonhos movendo-se dentro de si. Atraída pela força desconhecida, sentou-se sob a árvore. Esta lhe parecia solitária, solitária e triste; mas, por outro lado, bela, comovente e nobre em sua silenciosa beleza; suplicante lhe soava a canção de sua copa, que rumorejava levemente. Ela apoiou-se em seu tronco rude, sentiu a árvore arrepiar-se profundamente, sentiu o mesmo arrepio no próprio coração. O coração dela sentia uma estranha dor, sobre o céu de sua alma corriam nuvens, lentamente caíram de seus olhos as lágrimas pesadas. Mas o que era isso? Por que se deveria sofrer tanto? Por que o coração anseia explodir o peito e fundir-se lá com aquela, nela, a bela solitária?

A árvore tremeu levemente até as raízes, bem violentamente reuniu em si toda a energia vital, em direção à garota, com o ardente desejo de união. Ah, como pudera ter sido tapeado pela cobra, ter sido banido sozinho para sempre numa árvore! Oh, quão cego, quão tolo fora ele! Será que não soubera de absolutamente nada, será que fora tão alheio ao segredo da vida? Não, talvez o tenha sentido e pressentido de modo obscuro à época — ah, e com tristeza e profunda compreensão lembrava-se ele agora da árvore, que consistia de homem e mulher!

Um pássaro veio voando, um pássaro vermelho e verde, um pássaro belo e ousado veio voando, veio atraído, fazendo uma curva. A garota o viu voando, viu alguma coisa pendendo de seu bico; ela luzia vermelha como sangue, vermelha como brasa, caiu no mato verde e luzia no mato verde de modo tão familiar, o seu luzir era tão gritante, que a garota se abaixou e levantou o vermelho. Lá estava um cristal, como uma pedra de granada; e onde ela estiver não pode haver escuridão.

Mal a garota alçou a pedra encantada em sua mão branca, o desejo, que lhe enchia o coração, logo foi realizado. A bela ficou fascinada, foi arrebatada para lá para a árvore, tornando-se com ela uma coisa só; irrompeu como um galho jovem e forte de seu tronco, crescendo rapidamente acima deste.

Agora tudo estava bem, o mundo estava em ordem, só então o paraíso tinha sido achado. Piktor não era mais uma velha árvore aflita, agora ele cantava alto Piktoria, Viktoria.

Ele estava transformado. E, como desta vez tinha alcançado a metamorfose certa, a eterna, como de uma metade tornara-se um inteiro, pôde do instante em diante continuar se transformando o quanto quisesse. Permanentemente fluía pelo seu sangue a corrente mágica do porvir, eternamente ele tomava parte na criação que se manifesta em todas as horas.

Tornava-se rena, tornava-se peixe, tornava-se gente e cobra, nuvem e pássaro. Mas em toda forma ele era pleno, era um par, tinha dentro de si lua e sol, homem e mulher; fluía como um rio de dois braços pelas terras, ficava como uma estrela dupla no céu.

Canção de amor

Eu sou o sapo e tu a rã,
Eu sou o ar, tu és cotovia,

Tu és o sol e eu a lã
Tu és o sonho e eu o dia.

À noite, de minha boca adormecida,
Voa em teu rumo uma andorinha,
Clara é sua voz, sua asa colorida,
Canta para ti a canção do amor,
Canta para ti a canção que é minha.

Do diário de um desajustado

DESDE OS PRIMEIROS AMORES ENQUANTO menino de escola eu fui um resignado, um mau amante de mulheres, desalentado, tímido e fracassado: cada uma que eu amava parecia boa e elevada demais para mim. Quando moço eu não dançava, não flertava, nunca tive pequenos casos amorosos; e, por todo um longo casamento, profundamente insatisfeito, é claro que amei e privei de mulheres, mas as evitei. E agora, quando começo a envelhecer, aparecem repentinamente mulheres no meu caminho, sem serem chamadas, e minha antiga timidez desapareceu. Mãos encontram minha mão, lábios a minha boca, e onde eu moro podem-se achar ligas e grampos de cabelo por todos os cantos. E, no meio desta vida amorosa algo saturada e apressada, no meio da leitura dos pequenos bilhetes, no aroma de cabelo e pele e pó e perfume eu sei, alguém dentro de mim sabe exatamente para onde isto vai, para onde isto leva. Ele sabe: também isto será tirado de mim, também este cálice deve ser esvaziado e reenchido para mim até o asco, também esta avidez mais secreta e mais envergonhada deve se saciar e morrer, logo deverei também abandonar este paraíso longamente desejado, com o reconhecimento de que o paraíso foi uma dose da qual se escapa cansado e sem lembranças. Assim é, e assim eu bebo também este cálice morno, e aniquilo para mim também este objetivo do desejo acalentado por tanto tempo.

Assim aconteceu comigo com tudo o que esquentava os meus sonhos por algum tempo: um dia, quando o desejo começou a se tornar murcho e cansado, ele foi subitamente realizado; o ansiado fruto inalcançável caiu no meu colo, e ele também era uma maçã como todas são: se a deseja, se a recebe, se a come, e sua atração e encanto extinguem-se. Assim me foi determinado. Assim eu ansiei outrora a liberdade, e bebi então dela, assim eu ansiei a solidão, e então a bebi toda, e bebi o sucesso e o bem-estar do corpo, apenas a fim de me tornar saciado, e de despertar com uma sede nova, diferente, transformada. Como eu venerei nos anos jovens o casamento e a família, e quase não ousando desejá-los para mim — e ganhei mulher e filhos, filhos queridos, que eu amava delicada e assustadamente —, e tudo caiu novamente em pedaços! E como eu sonhei, em ávidas fantasias de moço, com o sucesso! E o sucesso veio, subitamente estava lá, e me fez rapidamente saciado, e era tão fastidioso! Como eu desejei outrora uma vida despreocupada e simples, sem obrigação profissional, sem fome, com uma pequena casa própria no campo — e isto também veio, eu tinha dinheiro, eu construí uma bonita casa própria, plantei um belo jardim —, e tudo se tornou um dia novamente sem valor, dissolvendo-se em pó! Ah, e com que nostalgia eu desejei para mim na juventude grandes viagens distantes, Roma, Sicília, Espanha, Japão — e isto também veio, e isto também se tornou meu, pude viajar, fui de carro e sobre navios a muitos países distantes, dei a volta ao mundo, e retornei, e tinha comido também esta fruta, e também ela não tinha mais nenhum encanto!

A mesma coisa eu vivi com as mulheres. Também elas, as distantes, as longamente desejadas, as inatingíveis vieram também. Deus sabe atraídas pelo quê, e eu acaricio seus cabelos e seus seios quentes assustados, e me espanto, e seguro na mão já vacilante o fruto mordido, que outrora atraía tão distante e paradisíaco! Tinha o gosto bom, o fruto, tem o gosto doce e pleno, não posso criticá-lo — mas ele sacia, sacia rapidamente, já o sinto, e vai ser logo descartado. Com frequência eu me surpreendia com aquilo que outrora trazia os amigos até mim, depois as amigas; pois eu não sou fiel — mas no fundo eu sabia e sei o que é, o que os trazia para mim, o que sempre me dava uma espécie de poder sobre as pessoas. Elas farejam em mim algo, os amigos e as mulheres, que torna a vida inabitual e tempestuosa. Elas pressentem em mim pulsões e sentimentos inconstantes, porém fortes; elas sentem a sede em mim, que troca certamente sempre de objetivo, mas que sempre se eleva selvagem e quente em chamas. Mas esse impulso e sede me conduzem por todos os reinos da realidade, os esgota, os torna irreais, circunscreve o mundo, e continua voando ardentemente até o desconhecido e inefável.

Hoje voltei tarde para casa, montanha acima, através da noite de primavera; a chuva cantava baixinho nos pés de amora; embaixo de um casaco pendia abraçada a mim a pequena morena, até nos despedirmos. Quando ela sorveu em mim o último beijo insaciável, junto à sua chácara em Ceresia, eu via surgirem do céu chuvoso o azul e as estrelas, e uma das estrelas era a minha boa estrela, era Júpiter. Não olhei para a outra, a misteriosa, Urano, a serviço de quem eu me encontro, e que leva a minha vida confusa do grande caos lá para o outro lado do segredo e da magia. Mas ele está sempre lá, atraindo-me e sugando-me sempre com a sua calma visão fantasmagórica.

Sonho de paraíso

EM TODA PARTE HÁ FLORES que recendem,
Sou prisioneiro de uma espécie azul,
De todo galho espreita uma serpente,
Imagens mágicas em que me incluo.
Corpos que brotam no fundo das flores,
Paul que arde em floração vermelha,
Olhos felinos e escrutadores,
São de mulheres com olhar de esguelha.
Odor de umidade e sedução,
De insuspeitado anseio de delícias,
O fruto não resiste à tentação
E atrai com o simples toque da carícia.
Do ar a fêmea e o macho haurem o gozo
E se dilatam com o prazer que sentem,
Tal como a mão no seio voluptuoso
Percorre o olhar astuto da serpente.
Todas florescem, incontáveis são,
Nenhuma, entanto, o coração me acalma,
Eu sinto todas, grande é a excitação,
Um mar de corpos, um mundo de almas.
E a saudade é dor que traz ventura,

Que me transforma e aos poucos me libera,
Fundiu-me em lago, pedra, mata escura,
Jardim, mulher, raiz, celeste esfera.
E minha alma que eu julgava una
Em mil facetas vejo-a dispersa,
Nas asas coloridas da fortuna
Fundiu-se ao uno e eterno universo.

Um arauto do amor

NOS PRIMEIROS DIAS DE MAIO... o cuco é o rei da floresta; por toda parte nos vales silenciosos e solitários, sobre os cimos ensolarados da floresta, nas sombras dos desfiladeiros ouve-se sua voz chamando. O seu chamado significa primavera, sua canção canta imortalidade; não é à toa que a ele é que perguntamos pelo número de anos de vida. Quente e profunda soa a sua voz pelas florestas, ela soa aqui no sul dos Alpes não diferente da que soava outrora nos meus tempos de criança na Floresta Negra e no vale do Reno, não diferente da que soava outrora nos anos às margens do Bodensee, onde os meus filhos a ouviram pela primeira vez. Ela permaneceu a mesma como o sol, como a floresta, como o verde das folhas tenras e o branco e o violeta das nuvens de maio de passagem. Ano após ano chama o cuco, e ninguém sabe se é o mesmo do ano passado, e o que foi feito dos cucos que nós outrora ouvimos como crianças, garotos, adolescentes. Esta voz formosa e profunda soava dantes como promessa e futuro, como chamado de vida, como exclamação de tempestade, em direção à felicidade, e soa agora como passado; e para o cuco dá no mesmo se somos nós a quem ele dirige o seu aviso, ou se já são os nossos filhos e netos, se somos nós quem ele acorda no berço com o seu grito ou se ele canta sobre os nossos túmulos. Raramente ele é visto, o irmão assustado, e já por isso eu o amo. Ele não se mostra facilmente, quer ficar somente para si. Para a imensa maioria das pessoas o cuco nada mais é do que esta voz bela, profunda e atraente no verde — mil vezes elas o ouviram, nunca o viram. Ontem eu perguntei a um batalhão inteiro de meninos de escola lá com os seus 12 anos se eles já teriam visto o "cuc", e apenas um único disse que sim.

Eu, no entanto, o tenho visto com frequência, o assustado irmão, meu alegre primo da floresta, que permanece invisível à maioria, e do qual são contadas histórias encantadoramente vívidas e sem pátria. Invisível, sabemos que ele domina por dois meses toda a floresta como um rei. Um arauto do amor sonoro e desafiador, conquanto não dê muito valor a casamento, lar e criação de filhos. Continue cantando, irmão cuco, você está entre os meus animais favoritos. Estou de bem com todos os animais, embora eu mesmo faça parte dos predadores, eu me dou bem com todos, conheço muitos, tenho meu prazer com muitos, mesmo com os tímidos e menos conhecidos.

E por esses dias eu tive novamente a sorte de ver o cuco, e não somente um sozinho, mas um casal, ele e ela. Eu os vi do fundo de uma garganta, quando estava colhendo flores de maio, e fiquei por um bom intervalo quieto como uma árvore ressecada, eles não me notaram. Brincavam de perseguição nos altos cumes (lá, entre a floresta de castanheiras, existem também altos freixos) para cima e para baixo; em jubilosas grinaldas ia o seu voo alegre e maleável, os grandes pássaros escuros em larga expansão silvavam de árvore em árvore, em curvas sempre surpreendentes, repentinas e selvagens, subitamente perpendiculares à Terra, subitamente como foguetes em direção às copas, e em todos os instantes paravam quietos, por menos de um segundo, e soltavam o seu grito agudo e excitado.

Nem todo ano eu pude ver o cuco tão facilmente, talvez uma dúzia de vezes no total, e agora ele não me aparecerá mais com tanta frequência, as pernas não andam bem, logo o irmão cuco assustado cantará ainda somente para os meus filhos e netos. Ouçam-no bem, netos, ele sabe muito, aprendam com ele! Aprendam com ele o voo ousado e vibrante de alegria, o chamado atraente, quente, a vida errática de caminhante, o desprezo pelo filisteu.

Amor

Minha boca quer de novo o beijo
De tua boca alegre que desejo,
Quero segurar os lindos dedos
Em minha mão torná-los meus brinquedos,
Reter teu olhar com muito zelo
E me embrenhar no teu cabelo,
Que meus membros jovens retribuam
O calor dos teus que em mim atuam,
Quero que o amor sempre renove
A beleza eterna que te envolve,
Quando então, em paz e agradecido,

Nosso lar terá a dor banido,
Quando então futuro e passado
Sejam em nós um fato consumado,
Quando fixaremos num momento
Todo o universo em movimento.

Casanova

Enquanto jovem eu nada sabia sobre Casanova além de boatos obscuros. Nas histórias da literatura oficiais, esse grande escritor de memórias não aparecia. A sua fama era a de um escandaloso sedutor e lascivo, e de suas memórias sabia-se que elas seriam uma autêntica obra lúbrica e frívola de satã. Delas havia uma ou duas edições alemãs, edições velhas e esgotadas em muitos volumes que se tinha que buscar em sebos, caso alguém se interessasse por elas, e quem as possuía as mantinha escondidas num armário fechado. Eu tinha mais de trinta anos quando essas memórias um dia apareceram na minha frente. Mesmo eu sabia delas apenas porque elas tinham aparecido na comédia de Grabbe no papel de uma armadilha diabólica. Mas, então, várias novas edições de Casanova foram publicadas, duas novas também em língua alemã, e o juízo do mundo e dos sábios sobre a obra e seu autor mudou muito. Não era mais nenhuma vergonha e vício clandestino possuir e ler essas memórias; ao contrário, era uma vergonha não conhecê-las. E, ao juízo dos críticos, o anteriormente malvisto e ignorado Casanova tornava-se mais e mais um gênio.

Em que pese agora o meu apreço pela vitalidade exuberante, e também pelo seu desempenho literário, eu não o chamaria de gênio. Falta a este virtuose das emoções e grande prático da arte do amor e da sedução o elemento heroico, falta-lhe por inteiro principalmente aquela atmosfera heroica de isolamento e apartamento trágico, sem os quais não podemos imaginar o gênio. Casanova não é uma personalidade muito diferenciada e peculiar, nem mesmo uma muito particular. Devia antes ser um homem fabulosamente talentoso (e todo talento verdadeiro se inicia e se enraíza no sensual, num bom dote de corpo e sentidos); ele é um cara que pode tudo, e assim, com a sua agitação, a sua excelente formação, sua flexível arte de viver, ele se torna um representante clássico do tipo elegante de sua época. O lado elegante, cosmopolita, alegre-frívolo e virtuoso da cultura do século XVIII, das décadas brilhantes de antes da Revolução, encontramos incorporado em Casanova com uma perfeição verdadeiramente maravilhosa. Viajante do mundo, passeador e sibarita elegante, agente e empresário, jogador e eventualmente vigarista; por outro lado, de uma sensibilidade tão forte quanto cultivada, um mestre em seduzir, cheio de delicadeza, cheio de cavalheirismo com as mulheres, amante da mudança e, contudo, fiel — este homem brilhante mostra-nos uma multiplicidade espantosa aos que vivem hoje. Mas todos esses lados são apenas dirigidos para fora, e isto produz de novo como resultado exatamente uma unilateralidade. O ideal humano de um pensador de alto nível de hoje não seria nem o "gênio" nem o cosmopolita, nem o homem voltado puramente para dentro nem o para fora, mas sim aquele situado entre o compromisso com o mundo e o exame de consciência, entre o que cambia de forma superior e harmônica extroversão e introversão. Mas a vida inteira de Casanova, que de fato não foi desprovida de espírito, transcorre puramente na esfera do social, e nela já tomam parte golpes muito violentos do destino que o fazem por instantes introvertido, quando ele, então, logo se torna obscuro e sentimental. Espantosa e surpreendente nos é principalmente a união interior entre virtuosismo e ingenuidade neste astuto artista da vida. O virtuosismo, que secunda a sua estrutura física vigorosa e eficiente, deve-se à circunstância de que lhe foram poupados os anos de escola infindáveis, paralisantes e embrutecedores, que hoje consideramos indispensáveis para a domesticação da juventude. Muito cedo, como todos os homens de seu tempo, ingressa ele na vida, torna-se independente, tem que defender a si próprio, é formado e exercitado pela sociedade e pelas calamidades da vida, e não menos pelas mulheres, aprende a se adaptar, aprende a jogar e a carregar uma máscara, aprende a astúcia, aprende o tato; e como todos os seus dons e impulsos voltam-se para o exterior, e somente podem se satisfazer na vida exterior, ele se torna um virtuose da arte galante da vida. No entanto, ele permanece aqui inteiramente ingênuo, e ainda o velho Casanova, que resolve contar não sem concupiscência as muitas aventuras amorosas de sua vida, é — comparado com a alma problemática de hoje — uma ovelha de inocência. Ele seduz muitas dúzias de garotas e mulheres, e nunca é tomado pelo espanto do amor, pela sua metafísica, nunca tem vertigens diante de seus abismos. Somente com uma idade bem tardia, quando se domicilia em Dux, na Boêmia, num isolamento involuntário sem brilho, sem mulheres, sem dinheiro, sem aventuras, é que a vida não lhe parece mais inteiramente impecável, lhe parece um tanto problemática.

E, com isso, ele nos enreda com estes dois feitiços — com o seu virtuosismo jamais alcançado pelos homens de hoje, estragados pela escola e especializados em profissões, e com a sua inocência notável, sua ingenuidade tão valiosa e bonita. Por vezes, esta vem em seu auxílio, esta ingenuidade, pois não são de forma alguma somente virgindades roubadas e casamentos rompidos com os quais ele incrimina a sua vigorosa consciência, mas são também polpudas patifarias, trambiques, explorações de múltiplas maneiras, com as quais ele torna a sua vida mais divertida e financia as suas viagens, prazeres e negócios. E não se comporta com sofisma ou cinismo diante de todas essas objeções à sua decência, de todos esses encargos de consciência, mas com um sorriso infantil. Ele confessa ter brincado aqui e ali com golpes um tanto audaciosos, e ter trapaceado habilmente as pessoas, mas só Deus sabe como foi que ele chegou até ali, isso acontecia sempre com boa intenção ou apenas em momentos de esquecimento, e ele sempre consegue justificar-se brincando perante o seu próprio julgamento e perante o mundo.

Existem hoje em quantidade trambiqueiros astutos e trapaceiros inescrupulosos, e também mulherengos refinados, sem que nos consigam causar interesse. E também ao homem mais talentoso dessa espécie, se o comparamos com Casanova, faltariam duas características elevadas: o modelo vivo, permanentemente ativo de uma vida altamente cultivada e fidalga, e, então, o alto talento literário. Não acredito que as cartas de amor de um Don Juan ou trambiqueiro berlinense da atualidade mostrassem uma cultura espiritual e linguística mais elevada do que as revistas cujos assinantes são aqueles senhores.

De mais a mais, é o solo de uma cultura de vida exterior completa, de um estilo cunhado com firmeza, que põe Casanova em vantagem com relação aos seus colegas de hoje. A linha de sua vida, de beleza cheia de estilo, tem um efeito sobre nós tão encantador e que incita tanto a nossa nostalgia quanto qualquer mínima arquitetura, qualquer último mobiliário daquela época — onde estão presentes uma unidade e uma beleza que faltam completamente à nossa vida. Exatamente por isso é que também caducou o temor dos moralistas de que os leitores de hoje poderiam ser corrompidos pela leitura de Casanova. Ah, não, não existe nenhum motivo para esse temor, infelizmente. A nau em que o nosso herói vai navegando não é tanto a sua genialidade ou a sua imoralidade pessoal, mas antes a formação e a cultura de seu tempo. Sobre tal solo, tal nível, basta um quê pessoal a mais para fazer um tremendo efeito.

Se os homens de hoje lemos Casanova com certa melancolia, tal se dá principalmente em função deste *milieu* de sua vida, desta cultura bela e moldada a fundo pela vida exterior. Assim também, eventualmente, devia sentir ainda um leitor de algumas décadas atrás. Mas, hoje, uma outra coisa que Casanova tinha parece também ter desaparecido e virado coisa do passado, algo que também os nossos pais ainda tinham, e que a nossa própria juventude ainda tinha e lhe emprestava muito encanto: a reverência pelo amor. Mesmo que fosse também apenas o amor-de-Casanova, este eterno enamoramento galante, de borboleta, um tanto lúdico e juvenil, ele também parece ter hoje saído de curso, tanto quanto o amor sentimental de Rousseau e de Werther, tanto quanto o amor ardente dos heróis de Stendhal. Hoje parece não mais haver nem o amante trágico nem o virtuoso, somente ainda o golpista do baú superficial ou o psicopata. Que um homem mentalmente são, talentoso e com vitalidade, oriente todos os seus dons e energias para ganhar dinheiro ou pondo-os a serviço de um partido político, parece a qualquer pessoa hoje não apenas possível, como correto e normal; que ele empregue esses dons e energias nas mulheres e no amor, não vem hoje à cabeça de ninguém. Da América média mais burguesa até o mais vermelho socialismo soviético, em nenhuma visão de mundo verdadeiramente "moderna" o amor desempenha um papel diferente do papel insignificante de fator de prazer acessório na vida, para cuja regulação bastam algumas receitas higiênicas.

Mas também a modernidade de hoje terá possivelmente o destino de todas as modernidades, que é o de durar apenas um instante universal fugaz. Enquanto o problema do amor, se conheço bem a história, pode sempre, após momentos de desvio, tornar-se altamente atual.

Sedutor

ATRÁS DE MUITAS PORTAS SEMPRE espero,
Canto a canção que encanta e fascina,
Mulheres lindas são as que eu quero,
E muitas cedem ao canto que alucina.
E sempre que uma boca se me entrega,
E sempre que encontro satisfação,
É fantasia que minha não pega
Só pega carne e grande frustração.
O beijo, que no íntimo esperei,
A noite longamente cortejada,

Tornou-se minha — e logo constatei,
Era perdida, flor esperdiçada.
Por tantas vezes despertei tristonho,
Satisfação tornada sofrimento;
Pelo prazer corria atrás do sonho
De nostalgia e solidão ardendo.
Maldita posse que não me acalma,
Que o sonho sempre seja aniquilado,
Poema que vibrava em minha alma,
Soava tão feliz, tão encantado!
E hesitante busco novas flores
Um novo flerte aguça a minha musa,
Protege-te, bela, de meus clamores,
Não deixe que meu canto te seduza!

Noite de baile

UMA VIVÊNCIA QUE ME... PERMANECERA desconhecida, embora toda menininha e todo estudante conheçam, me foi concedida nesta noite de baile: a vivência da festa, a embriaguez da comunidade da festa, o segredo do ocaso da pessoa na multidão, da *unio mystica* da alegria. Com frequência eu ouvira falar disso, toda empregada o sabia, e com frequência eu vira os olhos do narrador se iluminarem, e sempre sorrira disso, de um lado com superioridade, e de outro, com inveja. Aquele irradiar nos olhos ébrios de um deslumbrado, de alguém que se redimiu de si mesmo, aquele sorriso e absorção meio louca de quem se eleva à embriaguez da comunidade, eu vira centenas de vezes na vida em exemplos nobres e comuns, tanto em recrutas e marinheiros bêbados quanto em grandes artistas, eventualmente no entusiasmo de exibições festivas, e não menos em jovens soldados que iam à guerra; e, ainda recentemente, eu admirara, escarnecera e invejara este irradiar e estes sorrisos do feliz deslumbrado... Um tal sorriso, um tal irradiar infantil, eu pensava por vezes, seria possível apenas para gente jovem, ou para tais povos que não se permitiam uma forte individuação e diferenciação de cada indivíduo. Mas hoje, nesta noite abençoada, irradiei eu mesmo este sorriso, nadei eu mesmo nesta felicidade profunda, infantil e fabulosa, respirei eu mesmo este doce sonho e embriaguez de comunidade, música, ritmo, vinho e prazer sexual, cuja apologia, contida no relato sobre baile de algum estudante, eu também escutava frequentemente com zombaria e superioridade. Eu não era mais eu, a minha personalidade estava dissolvida na embriaguez da festa como o sal na água. Eu dançava com esta ou aquela mulher, mas não era somente ela que eu tinha nos braços, cujos cabelos roçavam em mim, cujo aroma eu sorvia, mas todas, todas as outras mulheres que nadavam no mesmo salão, na mesma dança, na mesma música que eu, e cujos rostos radiantes passavam flutuando na minha frente como grandes flores fantásticas, todas me pertenciam, a todas eu pertencia, todos tomávamos parte uns nos outros. E também os homens faziam parte disso, também neles eu estava, também eles não me eram estranhos, os seus sorrisos eram os meus, os seus cortejos eram os meus, e o meu o deles.

Cravo

Cravo rubro florescente,
Arde em aromas tão amados,
Não repousa, impaciente,
Quer seus brotos mais selvagens,
Mais ardentes, arrojados!

Vejo fulgir uma chama,
Sopra o vento em seu rubor,
Um desejo nela clama,
Um impulso incandescente:
Queima, queima com vigor!

Tu que habitas o meu sangue,
Cara amiga, o que anseias?
Não te acalma a gota exangue,
Queres dissipar-te em fluxos,
Furiosa em minhas veias!

Apaixonada pela vida

As carícias de Maria não feriam a música maravilhosa que eu ouvira hoje, elas eram dignas dela e eram a sua realização. Lentamente eu puxava o cobertor da bela mulher, até que eu atingisse com os meus beijos os seus belos pés. Quando me deitei ao seu lado, o seu rosto de flores sorriu para mim onisciente e bondoso.

Nessa noite, ao lado de Maria, eu não dormi muito tempo, mas profundamente e bem como uma criança. E entre as horas de sono eu bebia a sua bela e serena juventude, e aprendia papeando baixinho uma porção de coisas dignas de se saber sobre ela e a vida de Hermine. Eu sabia muito pouco sobre esse tipo de existência e de vida, somente no teatro eventualmente eu encontrara no passado existências semelhantes, tanto mulheres como homens, meio artistas, meio público. Somente agora penetrei um pouco nessas vidas curiosas, nessas vidas estranhamente inocentes, estranhamente corrompidas. Essas meninas, em sua maior parte de famílias pobres, espertas demais e bonitas para empregarem toda a sua vida unicamente em algum ganha-pão mal pago e sem alegria, viviam todas ora de trabalhos eventuais, ora de sua graça e amabilidade. Elas se sentavam às vezes por meses junto a uma máquina de escrever, eram por vezes as amadas de estroinas bem de vida, recebiam mesadas e presentes, viviam por uns tempos com peles, carro e Grande Hotel, por outros tempos em sobrados, e, com relação ao casamento, deixavam-se sob circunstâncias arrematar por uma oferta elevada, mas não eram, em geral, de modo algum loucas por isso. Várias delas eram sem cobiças no amor, e prestavam seu favor somente a contragosto e sob a barganha do mais alto preço. Outras, e entre elas Maria, tinham um talento e uma necessidade de amor incomuns, a maior parte delas experientes também no amor com ambos os sexos; viviam apenas em função do amor e possuíam, além dos namorados oficiais e pagantes, ainda outras relações amorosas florescendo. Diligentes e laboriosas, cheias de cuidados e levianas, espertas e, no entanto, inconscientes, viviam essas borboletas as suas vidas igualmente infantis e refinadas, independentes, não disponíveis para qualquer um, esperando da felicidade e do bom tempo o seu quinhão, apaixonadas pela vida, e, contudo, muito menos atadas a ela como os burgueses, sempre dispostas a seguir um príncipe encantado em seu castelo, sempre certas, semiconscientes, de um fim difícil e trágico.

Maria ensinava-me — naquela primeira noite espantosa e nos dias seguintes — muito, não somente novas brincadeiras e prazeres dos sentidos, mas também novo entendimento, novas compreensões, novo amor. O mundo dos locais de dança e de diversão, dos cinemas, dos bares e salões de hotel, que sempre teve para mim, o recluso e esteta, algo de inferior, proibido e degradante, era para Maria, para Hermine e as camaradas delas o mundo por excelência; não era bom ou mau, nem cobiçável nem odioso, nesse mundo florescia a sua breve vida nostálgica, nele elas eram familiares e experientes. Elas adoravam um champanhe ou um prato especial no Grill Room como um de nós amava um compositor ou um poeta, e elas dissipavam num novo sucesso de dança ou na canção sentimental e melosa de um cantor de jazz o mesmo entusiasmo, comoção e sentimento que um de nós com Nietzsche ou Hamsun. Maria contava-me sobre aquele bonito saxofonista, Pablo, e falava de uma canção americana que ele às vezes cantava para elas, e falava disso com um arrebatamento, admiração e amor que me emocionava e comovia muito mais do que o êxtase de qualquer alto erudito com os gozos artísticos de selecionada distinção. Eu me dispunha a me exaltar junto com ela, fosse como fosse a canção; as amáveis palavras de Maria, o seu olhar que florescia nostálgico rasgava extensas brechas em minha estética... Maria me parecia ser a primeira amada que eu jamais tive. Eu sempre exigira das mulheres que amei espírito e formação, nunca percebendo que mesmo a mulher mais espirituosa e erudita, em termos relativos, deu resposta ao *logos* dentro de mim, mas, ao contrário, sempre se lhe opôs; eu trazia comigo os meus problemas e pensamentos para as mulheres, e me teria parecido absolutamente impossível que eu amasse uma garota mais do que uma hora, se ela mal lesse um livro, mal soubesse o que é ler, e se não pudesse distinguir um Tchaikovsky de um Beethoven. Maria não tinha instrução, ela não necessitava desses rodeios e mundos substitutos, os seus problemas eram todos engendrados pelos sentidos. Conquistar o máximo possível de felicidade sensível e amorosa com os sentidos que lhe foram dados, com a sua figura especial, as suas cores, o seu cabelo, a sua voz, a sua pele, o seu temperamento; encontrar e produzir com a arte da magia uma resposta, um entendimento, e um contraponto vivo e gozoso para toda habilidade, para toda flexão de suas linhas, toda modelagem delicadíssima de seu corpo junto ao amante, esta era a sua arte e tarefa. Eu sentira isto já naquela primeira dança tímida com ela, adivinhara esse aroma de uma sensualidade genial, encantadora e altamente cultivada, e fora por ela enfeitiçado.

EU APRENDI QUE OS PEQUENOS brinquedos, pequenas coisas da moda e de luxo não são meramente quinquilharias e *kitsch*, ou mera invenção de fabricantes e negociantes ávidos por dinheiro, mas sim coisas procedentes, belas, variadas, um pequeno mundo, ou, antes, um grande mundo de coisas que têm todas o objetivo único de servir ao amor, de refinar os sentidos, animar o mundo deserto e de dotá-lo magicamente com novos órgãos do amor, do pó de arroz e perfume ao sapato de dança, do anel de dedos até a cigarreira, da fivela do cinto até a bolsa de mão. Esta bolsa não era uma bolsa, o moedeiro nenhum moedeiro, as flores nenhumas flores, o leque nenhum leque, tudo era material plástico do amor, da mágica, do encanto, era mensageiro, contrabandista, arma, grito de guerra.

TODA VIDA SOMENTE SE TORNA rica e florescente por meio da cisão e da contradição. O que seria da razão e da sobriedade sem o conhecimento da embriaguez, o que seria do prazer dos sentidos se não existisse a morte por trás dele, e o que seria do amor sem a eterna hostilidade mortal entre os sexos?

EM MINHA OPINIÃO, MUITO MAIS vidas humanas foram na minha geração arruinadas pela asfixia e tolhimento da vida instintiva do que pelo contrário. Por isso em alguns de meus livros eu me tornei advogado e defensor dessa vida instintiva — mas nunca sem deixar de lado a reverência pelas altas exigências feitas pelos sábios e pelas religiões. O nosso objetivo também não é pura e simplesmente nos tornarmos espírito em detrimento de nossa natureza. O nosso objetivo também não é levar uma vida espontânea do modo mais selvagem possível. Mas temos que buscar o nosso caminho entre as duas exigências, a da natureza e a do espírito, mas não um caminho intermediário rígido, mas cada um o seu próprio, elástico, no qual a liberdade e o vínculo se alternam como o inspirar e o expirar.

O caminho até a mãe

VEM DA DOR PERFUME INESPERADO,
Sem aviso às vezes nos invade,
De amores de mulher pejado
Dagmar, Eva, Lise, Adelaide.
Fulge às vezes como um claro raio
Pele de menina sob a renda,
Com amor em olhos de desmaio,
Doce brevidade estupenda.
E conquanto saiba como é breve
Lanço olhares que buscam prazer,
Sinto ardor suave, doce, leve,
Junto a cada seio de mulher.
Transformado hoje em menino,
Que em jogo secreto e sublime
Busca, como se busca o destino,
Da sua mãe os seios, o perfume.
Breves jogos de amor, bem-vindos,
De conquista, que os olhos requer
Fiquem com meu beijo, olhos lindos,
Bem-vinda, eterna mãe mulher!
Teu amor, eu sei, apressa a morte,

Queimará meu sonho em triste sorte.
Não quero no escuro me perder,
Possa eu em chamas fenecer!

O SENHOR TEM 18 ANOS... O senhor precisa ter sonhos de amor, desejos de amor. Talvez o senhor seja assim, talvez tenha medo deles. Não tenha! Eles são a melhor coisa que o senhor possui! Pode acreditar em mim. Eu perdi muito por ter na sua idade violentado os meus sonhos de amor. Não se deve fazer isso... Não se deve temer nada, nem considerar proibido nada que a nossa alma deseja dentro de nós.... Podem-se tratar os seus impulsos e assim chamadas obsessões com atenção e amor. Então eles mostram o seu sentido, e todos eles têm sentido.

Transformação do amor em arte

EU TENHO, ASSIM COMO GOLDMUND, uma relação ingenuamente sensual com a mulher, e amaria aleatoriamente como Goldmund se um apreço inato e adquirido por mim pela alma da companheira (portanto: da mulher) e um temor igualmente adquirido diante da devoção inescrupulosa pelos sentidos não me refreasse.

Que Goldmund, e como ele eu mesmo, de forma nenhuma seja capaz de vivenciar e desempenhar perante a mulher aquilo que é desejável, ou também aquilo que é apenas regular; que ele, em contato direto com elas, não vai muito além do prazer sensual e de uma cortesia um tanto desamparada, isto eu vejo da mesma forma que o senhor vê. A satisfação sensual junto à mulher não é para Goldmund um caminho para a tomada de posse espiritual ou para uma relação na qual homem e mulher elevam-se como personalidades mais valiosas, mas somente na arte ele alcança a sublimação do amor, somente com um desvio, somente através de um substituto. Isto eu tenho que declarar. Eu não gostaria de viver apenas em função da vida, não gostaria de amar apenas em função da mulher, eu tenho a necessidade do caminho através da arte, tenho a necessidade do prazer solitário e meditativo do artista para poder estar satisfeito com a vida, ou mesmo poder suportá-la.

Que isso signifique uma espécie decrépita de vida e de pessoa, de forma alguma ideal, de forma alguma exemplar, disto eu tenho bem consciência. Mas é o *meu* tipo, é o único tipo que eu compreendo, o único que eu posso tentar representar, a partir do qual posso tentar interpretar a vida.

Se Goldmund, sem que isto lhe ensine algo mais, sem meditar bem e consequentemente suas experiências, corre sempre para as mulheres, isto é para mim mais ou menos como uma abelha que voa sempre e sempre para as flores, carrega consigo uma gota de suco, sempre seguindo novamente a mesma atração obscura, que nunca aprofunda e espiritualiza a sua relação com as flores, mas que em casa, em contrapartida, esquecendo-se rapidamente das flores, faz o seu mel: não o faz partindo de alguma motivação nobre e que vai se tornando muito consciente, mas de modo igualmente compulsório, porque o sentido de sua vida, a ela pessoalmente inalcançável, porque a colmeia, porque o futuro e os seus descendentes assim lhe exigem, porque ela de alguma forma tem de servir e se devotar. Assim, Goldmund não serve à mulher, e não serve à vivificação do amor dele, mas bebe junto à mulher, que para ele representa a fonte mais efetiva da natureza, a gota de vivência, a gota de prazer e de tormento, da qual ele, quando chegar o tempo para tanto, fará as suas obras, o seu mel.

Sócrates não faria assim. Mas uma pessoa, por exemplo, como Mozart, me lembra muito Goldmund. E, para mim, o mundo sem Mozart ficaria mais pobre do que seria sem Sócrates. Mas também de Bach, de Händel, de Tiziano eu acredito que, conquanto personalidades inteiramente diferentes de Mozart, tenham seguido da mesma forma a lei do seu tipo, do seu traço de abelha, e que nenhum deles teria suportado a sua vida sem a fé calma, talvez jamais tornada consciente, no significado do fazer-o-mel, no significado de uma vida que sempre depõe novamente nos favos o extrato do que vivenciou, cujo recheio é, então, exatamente a felicidade e o destino da abelha.

A misteriosa

TANTAS MULHERES, QUANDO AMAM, FAZEM
Revelações antes tão bem guardadas,
Nós a colhemos, perene mensagem,
Pois, mesmo se volúpias são forjadas,
E na paixão o engano existir,
Quando unidas não podem mentir.

Comigo o sacramento festejaste,
O gozo e o amor em ti unidos,
E, no entanto, não me revelaste
O enigma em teu coração contido,

Jamais disseste por que sentes medo,
Sempre tens sido para mim segredo.

Então partiste, já de mim cansada,
Me magoando em derradeira vez,
Mas uma parte de mim carregada
Quando avista ao longe a tua tez
Deseja a bela mulher estrangeira,
Como se fosse pela vez primeira.

Quem pode amar é feliz

Quanto mais velho eu ia ficando, e quanto mais insípidas se tornavam para mim as pequenas satisfações que eu encontrava na minha vida, mais claro me ficava onde eu deveria procurar a fonte das alegrias e da vida. Eu aprendi que ser amado não era nada, mas que amar era tudo, e mais e mais eu pensava entender que o que faz a nossa existência valiosa e prazerosa nada mais é do que o nosso sentimento e as nossas sensações. Aonde quer que eu visse algo sobre a Terra que pudesse ser chamado de "felicidade", isto então consistia em sensações. Dinheiro não era nada, poder não era nada. Viam-se muitos que tinham ambas as coisas e eram miseráveis. Beleza não era nada, viam-se belos homens e mulheres que, com toda a beleza, eram miseráveis. Mesmo a saúde não pesava muito; cada um era tão saudável quanto se sentia, vários doentes floresciam em função do prazer em viver até pouco antes do fim, e vários saudáveis definhavam amedrontados pelo pavor do sofrimento. Mas a felicidade estava por toda parte lá, onde uma pessoa tinha sentimentos fortes e para ele vivia, não os expulsava e os violentava, mas deles cuidava e os gozava. A beleza não felicitava quem a possuísse, mas quem a soubesse amar e adorar.

Havia vários sentimentos, aparentemente, mas no fundo eles eram um só. Pode-se chamar todo sentimento de vontade, ou como se queira. Eu o chamo de amor. Felicidade é amor, nada mais. Quem pode amar é feliz. Todo movimento de nossa alma, no qual ela mesma se sensibiliza e pressente sua vida, é amor. Feliz, portanto, é aquele que consegue amar muito. Mas amar e desejar não são bem a mesma coisa. O amor é o desejo tornado sábio; o amor não quer ter; ele somente quer amar. Por isso também era feliz o filósofo que embalava o seu amor ao mundo numa rede de pensamentos, que envolvia o mundo com a sua rede de amor de forma sempre nova. Mas eu não era filósofo.

Mas no caminho da moral e da virtude também não me foi possível alcançar a felicidade. Por eu saber que somente pode me fazer feliz a virtude que eu sentir dentro de mim mesmo, que eu inventar e acalentar dentro de mim mesmo, como é que eu podia querer então me apropriar de alguma virtude alheia! Mas então eu entendia: o mandamento do amor, não importa se ensinado por Jesus ou por Goethe, este mandamento fora completamente mal compreendido pelo mundo! Ele não era de forma alguma um mandamento. Não existem de forma alguma mandamentos. Mandamentos são verdades, tal como o que sabe os comunica ao que não sabe, tal como o que não sabe os concebe e os sente. Mandamentos são verdades concebidas equivocadamente. A razão de toda verdade é que a felicidade somente chega por meio do amor. Se agora eu digo "Ama teu próximo!", tal é já uma doutrina falsificada. Seria muito mais correto dizer: "Ama a ti mesmo como a teu próximo!" E talvez tenha sido o erro originário querer sempre começar pelo próximo...

De toda maneira: o que temos de mais interior em nós anseia por felicidade, anseia por um acorde benfazejo com o que está fora de nós. Esse som é perturbado tão logo a nossa relação com qualquer coisa é algo diferente do amor. Não há a obrigação de amar, há somente a obrigação de ser feliz. Apenas para isso nós estamos no mundo. E com toda obrigação e toda moral e todos os mandamentos raramente tornamos uns aos outros felizes, porque não tornamos nós mesmos felizes com eles. Se a pessoa pode ser "boa", somente o pode quando é feliz, quando tem harmonia em si. Portanto, se ela ama.

E a infelicidade no mundo, a infelicidade em mim mesmo somente chega quando o amar é estorvado. Partindo desse ponto, as sentenças no Novo Testamento se me tornaram verdadeiras e profundas: "Assim vós não sereis como as crianças" ou "O reino dos céus encontra-se dentro de vós".

Essa era a doutrina, a única doutrina no mundo. Isso disse Jesus, isso disse Buda, isso disse Hegel, cada um na sua teologia. Para cada um o único que importa no mundo é o seu próprio interior — sua alma —, sua capacidade para o amor. Se ela estiver em ordem, coma-se painço ou bolo, ande-se com trapos ou joias, o mundo soará em puro acorde com a alma, será bom, estará em ordem.

... Nada pode o homem amar tanto como a si mesmo. Nada pode temer o homem tanto como a si mesmo. Assim, simultaneamente às mitologias, mandamentos e religiões do homem primitivo surgia também aquele estranho sistema de transmissão e aparência, segundo o qual o amor de cada um a si mesmo, sobre o qual repousa a vida, foi considerado proibido ao homem e teve que ser silenciado, ocultado, mascarado. Amar um outro foi considerado melhor, mais moral, mais nobre do que amar a si mesmo. E como o amor-próprio era então outrora o impulso primitivo, e o amor ao próximo nunca pode medrar direito ao seu lado, inventou-se um amor-próprio mascarado, elevado, estilizado, na forma de um amor ao próximo por reciprocidade... Assim a família, a tribo, a aldeia, a comunidade religiosa, o povo, a nação tornaram-se santuário... O ser humano, que por amor a si mesmo nunca pode ultrapassar o menor mandamento moral, para a comunidade, para o povo e a pátria ele pode fazer tudo, mesmo a coisa mais horrorosa, e todo impulso em geral malvisto transforma-se aqui em obrigação e heroísmo. Até aqui chegou a humanidade. Talvez as imagens dos ídolos das nações ainda caiam com o tempo, e, com o amor a toda a humanidade recém-descoberto talvez a velha doutrina originária retorne para uma nova ruptura.

Tais conhecimentos vêm lentamente, se chega a eles em espirais que se aproximam. E, quando eles estiverem aqui, será como se tivessem sido alcançados num salto, num instante. Mas conhecimentos ainda não são a vida. Eles são o caminho para ela, e muita gente fica eternamente pelo caminho.

Como o vento queixoso

Como o vento queixoso pela madrugada
O meu desejo por ti é tempestade,
Cada saudade foi despertada
Ó, tu, talvez despreocupada,
Não sabes de mim metade!

Silencioso, apago a luz bem tarde
Com febre, o sono impossível,
E a lua, que tua beleza reparte,
E o vento, que do amor faz alarde,
Têm o teu riso inesquecível!

Emoções e sentimentalismos eu não rechaço nem odeio; antes me pergunto: com o que na verdade nós vivemos, onde nós observamos a vida senão em nossas emoções? De que me adianta um saco cheio de dinheiro, uma boa conta bancária, uma roupa de belo corte e uma garota bonita se eu não sinto nada com isso, se a minha alma não se comove? Não, ainda que eu possa odiar sentimentalismo nos outros, em mim mesmo eu prefiro amá-lo e mimá-lo um pouco. A emoção, a delicadeza e leve excitabilidade das oscilações da alma, este é o meu dote, dele eu devo ganhar a minha vida. Se eu fosse dependente da força de meus músculos, e um lutador ou boxeador, ninguém exigiria de mim que eu encarasse força muscular como algo inferior. Se eu fosse bom em cálculos de cabeça e fosse chefe de um grande escritório, nenhuma pessoa me imporia a impertinência de desdenhar a força do cálculo de cabeça como uma inferioridade. Mas do poeta requerem os tempos mais recentes, e muitos poetas o exigem eles próprios de si, que é exatamente isto que perfaz um poeta, a excitabilidade da alma, a capacidade de se apaixonar, a capacidade de amar e de arder, de se devotar e vivenciar o inaudito e o supranormal no mundo dos sentimentos — que eles odeiem exatamente esta força e sintam vergonha dela e se defendam de tudo o que possa se chamar "sentimental". Tudo bem que eles queiram fazer isto; eu não os acompanho. Para mim, as minhas emoções são preferíveis a toda a garbosidade do mundo, e somente elas é que evitaram que eu, nos anos de guerra, compactuasse com o sentimentalismo dos garbosos e exaltasse a fuzilaria.

REVELAR O MUNDO, EXPLICÁ-LO, DEPRECIÁ-LO pode ser coisa de grandes pensadores. Para mim importa apenas poder amar o mundo, não depreciá-lo, não odiar nem a ele nem a mim, poder contemplá-lo e a mim e a todos os seres com amor e admiração e veneração.

COM O AMOR SE DÁ o mesmo que com a arte: quem somente consegue amar o maior é mais pobre e inferior do que quem pode abrasar-se com o mínimo.

Tal singularidade acontece no amor, e também na arte. Ele consegue coisa que nenhuma instrução, nenhum intelecto, nenhuma crítica consegue, ele une o mais distante, põe lado a lado o mais antigo com o mais recente. Ele supera o tempo atraindo tudo para o seu próprio centro. Somente ele dá segurança, somente ele tem razão, porque não quer ter razão.

QUANTO MENOS EU CONSIGO ACREDITAR como um todo em nosso tempo, quanto mais eu penso ver a humanidade degradar-se e ressecar-se, menos eu oponho a essa decadência a revolução, e mais eu creio na magia do amor. Silenciar sobre uma coisa que todos estão aplaudindo já é alguma coisa. Sorrir de homens e instituições sem inimizade, combater o *minus* de amor no mundo com um pequeno *plus* de amor em pequena escala e no particular: mediante incrementada confiança no trabalho, mediante uma paciência maior, mediante renúncia às várias vinganças inferiores do escárnio e da crítica: estes são os múltiplos caminhos que se podem seguir.

AMAR O MUNDO E A vida, amar mesmo sob suplícios, estar aberto com gratidão a todo raio de sol, e mesmo no sofrimento não desaprender totalmente a sorrir — esta doutrina de toda poesia autêntica não envelhece nunca, e é hoje mais necessária e digna de gratidão do que nunca.

Reflexão

DIVINO E ETERNO É O espírito.
Ao Seu encontro, de quem somos imagem e
                                              ferramenta,
Conduz nosso caminho; nosso mais íntimo anelo é:
Tornarmo-nos como Ele, luzir na Sua luz.
Mas somos criações terrenas e mortais,
Sobre nós, criaturas, pesa a gravidade inerte.
Linda, decerto, e maternalmente quente acalenta-nos
                                              a natureza,
Amamenta-nos a terra, acomoda-nos com berço e
                                              sepultura;
Mas a natureza não nos apazigua,
Seu encanto materno é atravessado
Pela fagulha do imortal espírito

Paternalmente, que faz da criança homem,
Extingue a inocência e nos desperta para a luta
            e a consciência.

Assim, entre mãe e pai,
Assim, entre corpo e espírito
Vacila o filho mais decrépito da criação
O homem, tremor na alma, capaz do sofrimento
Como nenhum outro ser, e capaz do mais elevado:
Do amor que crê, que tem esperança.

Difícil é o seu caminho, pecado e morte o seu
alimento,
Erra com frequência pela escuridão, e com
           frequência lhe seria
Melhor nunca ter sido criado.
Eterna, porém, lhe paira em brilho sua nostalgia,
Sua determinação: a luz, o espírito.
E nós sentimos: a ele, o ameaçado,
Ama o Eterno com particular amor.

Assim é que a nós, irmãos erráticos,
O amor é possível, mesmo na desavença,
E não julgamento e ódio,
Mas amor paciente,
Tolerância amorosa é o que nos põe
Mais próximos do alvo sagrado.

O ERRO EM TAIS QUESTÕES e queixas é, presumivelmente, o de querermos ser presenteados de fora com o que somente nós mesmos, com a própria devoção, podemos alcançar dentro de nós. Exigimos que a vida tenha necessariamente um sentido — mas ela somente tem um sentido bem preciso quando nós mesmos estamos em condição de lho dar. Como cada indivíduo somente o consegue de modo incompleto, tentou-se responder à pergunta no consolo das religiões e filosofias.

Essas respostas correm todas na mesma direção: a vida somente recebe o sentido por meio do amor. Ou seja, quanto mais somos capazes de amar e de nos devotarmos, mais cheia de sentido será nossa vida... O senhor anda pela natureza em busca de consolo, e se decepciona com o fato de essa natureza ficar ali tão "passiva e apática". Mas com quanto de participação o senhor presenteou a natureza? O senhor não viu nem sentiu como também ela tem dificuldades, como cada ser, do besouro até a árvore, tem que lutar, tem que trabalhar, que sofrer, que passar privações, como cada um tem que se subordinar ao todo, embaixo de luta e de sacrifício, e tem que se encaixar em suas leis. O senhor foi, diante da natureza, tão apático e sem amor como ela diante do senhor. Aqui está o problema. E sobre ele não digo nenhuma palavra mais, o senhor mesmo tem que refletir sobre ele.

É curioso, apesar de simples segredo da sabedoria de vida de todos os tempos, o fato de que toda menor dedicação altruísta, toda participação, todo amor nos faz mais ricos, enquanto todo esforço por posses e poder nos rouba as forças e nos deixa mais pobres. Isso sabiam e ensinaram os indianos, e depois os sábios gregos, e depois Jesus; e, desde então, as obras de milhares de sábios e poetas sobreviveram ao tempo, enquanto impérios e reis em suas épocas desapareceram e se foram. Não importa se vocês simpatizam mais com Jesus ou Platão, com Schiller ou com Espinosa; em toda parte a extrema sabedoria diz que nem o poder, nem bens, nem o conhecimento torna alguém feliz, mas somente o amor. Todo altruísmo, toda renúncia por amor, toda compaixão ativa, todo abandono de si parece um desfazer-se, uma subtração de si; é, no entanto, um enriquecimento e engrandecimento, e é, no entanto, o único caminho que conduz para a frente e para cima. É uma velha canção, e eu sou um mau cantor e pregador, mas as verdades não envelhecem, e são a todo instante e em toda parte verdadeiras, quer sejam elas pregadas num deserto, cantadas num poema ou impressas num jornal.

Quando se tomam os ditos do Novo Testamento não como mandamentos, mas como expressões de um saber de profundidade invulgar sobre os segredos de nossa alma, então a sentença mais sábia que desde sempre já foi dita, a breve quintessência de toda a arte de viver e de toda doutrina da felicidade, é a sentença "Ama o teu próximo como a ti mesmo", que, aliás, já estava no Velho Testamento. Pode-se amar o próximo menos do que a si mesmo — então se é o egoísta, o ávido, o capitalista, o burguês, e se pode certamente amealhar dinheiro e poder, mas não se pode ter um coração alegre, e as alegrias mais finas e mais saborosas da alma lhe estarão fechadas. Ou se pode amar mais o próximo do que a si mesmo — então se é um pobre-diabo, cheio de sentimentos de inferioridade, cheio de desejos de amar a tudo e, no entanto, cheio de rancor contra si mesmo e autoflagelação, e se vive num inferno que a própria pessoa atiça diariamente. Em contrapartida, encontra-se o equilíbrio do amor, o saber amar sem permanecer aqui e ali culpado, esse amor a si mesmo, que, no entanto, não foi roubado de ninguém, este amor ao outro que não diminui nem violenta o próprio Eu! O segredo de toda felicidade, de toda ventura está contido nesta sentença. E, se se quiser, pode-se girá-la também lá para o lado indiano, dando-lhe a significação: ame o próximo, pois ele é tu mesmo!, uma tradução cristã do "tat twam asi". Ah, toda sabedoria é tão simples, já tem sido pronunciada e formulada há tanto tempo, de modo tão exato e inequívoco! Por que ela somente nos pertence às vezes, somente nos dias bons, por que não sempre?

O CAMINHO DO AMOR é tão difícil de seguir porque no mundo se acredita pouco no amor, porque este esbarra em toda parte na desconfiança.

O MUNDO ESTÁ PADECENDO DE injustiça, sim. Ele está ainda muito mais doente pela falta de amor, de humanidade, do sentimento de fraternidade. O sentimento de fraternidade, alimentado pela marcha e pelo porte de armas aos milhares, não me é aceitável nem na forma militar nem na revolucionária.

No quarto ano de guerra

SE O AGUACEIRO CAI TÃO triste e fino
Na noite fria
Eu canto nesta hora o meu hino,
Quem ouviria?

Que o mundo em guerra sufocando esteja
Em medo e pranto,
Arde, contudo, sem que ninguém veja
O amor que canto.

Eu entendo e aprovo que uma pessoa exija muito de si mesma; mas quando ela estende essa exigência a outros, transformando suas vidas numa "luta" pelo bem, abstenho-me necessariamente de julgá-lo, pois não dou o menor valor à luta, à ação, oposição. Creio saber que toda vontade de mudar o mundo leva à guerra e à violência, e por isso não me junto a nenhuma oposição, pois não aprovo as últimas consequências e considero a injustiça e a maldade no mundo incuráveis. O que podemos e devemos modificar somos nós mesmos: nossa impaciência, nosso egoísmo (mesmo o espiritual), nossa sensação de ofendidos, nossa falta de amor e indulgência. Qualquer outra mudança do mundo, mesmo que parta das melhores intenções, eu considero inútil.

Macio é mais forte que duro.
Água é mais forte que rocha.
Amor é mais forte que violência.

Em direção à paz
Para a festa do armistício
da Rádio Basileia

De um sonho de ódio e delírio de sangue
Despertando, cegos ainda e surdos,
Do relâmpago e do ruído mortal da guerra,
A todos os horrores habituados,
Deixam suas armas,
Sua horrível obra diária,
Os fatigados guerreiros.
'Paz!' ouve-se soar
Como vinda de contos de fadas, de sonhos infantis.
'Paz.' E, alegrar-se, quase não
Ousa o coração, as lágrimas se lhe encontram mais
                                         próximas.
Pobre gente, nós,
Capazes tanto do bem como do mal,
Animais e deuses! Como a dor,
A vergonha nos reduz hoje a nada!

Mas temos esperança. E no peito
Vive-nos o pressentimento ardente
Dos milagres do amor.
Irmãos! Encontram-se para nós abertos,
Para o espírito e
Para o amor o retorno,
E, de todos os paraísos
Perdidos, o portal.

Querei! Tende esperança! Amai!
E a Terra vos pertencerá novamente.

O MAL SURGE SEMPRE LÁ, onde o amor não alcança.

FANTASIA E PODER DE EMPATIA não são nada mais do que formas do amor.

SE EXISTE ALGO QUE EU quisesse aconselhar aos leitores, seria: amar as pessoas, mesmo as fracas, mesmo as inúteis, mas sem julgá-las.

SE OUTROS RECUSAM UM LIVRO ou uma obra de arte que lhe é querida, então é inútil se opor a isso, ou querer defender o livro. Claro, deve-se manter e declarar o seu amor, mas não se deve discutir sobre o objeto desse amor. Não leva a nada. Os livros dos poetas não necessitam nem de explicação nem de defesa, eles são inteiramente pacientes e podem esperar, e, se eles têm algum valor, então viverão.

O CHAMADO DA MORTE É também o chamado do amor. A morte se torna doce quando a consentimos, quando a aceitamos como uma das grandes, eternas formas da vida e da transformação.

Indicação das fontes

p. 5   *Sobre o gelo*: escrito *circa* 1900, situado em H. Hesse, "Die Kunst des Müâiggangs", Frankfurt am Main, 1973, p. 112 et seq. Aqui impresso parcialmente.

p. 9   *Tarde demais*: escrito em 1909. De H. Hesse, "Die Gedichte", Frankfurt am Main, 1977.

p. 9   Citações de H. Hesse, "Der Steppenwolf" (1927), WA* 7, p. 358; "Peter Camenzind" (1904), WA 1, p. 400, de uma carta não publicada, e "Gertrud" (1910), WA 3, p. 86.

Citação de "Der Weg der Liebe", WA 10, p. 448.

p. 10   *A época de aprendizagem de Hans Dierlamm*: primeira impressão em 1909. De H. Hesse, "Gesammelte Erzählungen", Frankfurt am Main, 1977.

p. 44   Citações de H. Hesse, "Gesammelte Briefe", v. 1, p. 105, de uma carta não publicada, uma redondilha de "Gedichte", e de H. Hesse, "Demian" (1919), WA 5, p. 147.

p. 45   *O ciclone*: primeira impressão em 1913. De "Gesammelte Erzählungen".

p. 65   Citação de "Peter Camenzind", WA 1, p. 448.

p. 66   *Amo mulheres*: de "Die Gedichte".

Naquela noite de verão: impressão parcial de "Fragment aus der Jugendzeit". Escrito em 1907. De "Gesammelte Erzählungen".

---

* WA = H. Hesse Werkausgabe, Frankfurt am Main, 1970. Em seguida o número do volume correspondente com indicação da página.

p. 77   *Elisabeth*: escrito em 1900. De "Die Gedichte".

p. 78   *Quanto mais belo...*: de "Peter Camezind" (1904), WA 1, p. 366 et seq.

p. 83   *Assim seguem os astros*: escrito em 1898. De "Die Gedichte".

O senhor entende?: impressão parcial de "Liebesopfer". Primeira impressão em 1907. De "Gesammelte Erzählungen".

p. 88   *A chama*: escrito em 1910. De "Die Gedichte".

Citações de "Ausgewählte Briefe", Frankfurt am Main, 1974, p. 239 e "Klein und Wagner", WA 5, p. 251.

p. 89   *Quando eu tinha dezesseis anos*: impressão parcial de "Brief eines Jünglings" em "Die Kunst des Müäiggangs".

p. 93   *Canção à amada...*: Escrito em 1924. De "Die Gedichte".

Lembranças: escrito em 1905. Impressão parcial de "Eine Fuâreise im Herbst" em "Gesammelte Erzählungen".

p. 95   *Quão difíceis estão...*: Escrito em 1911. De "Die Gedichte".

p. 96   *Amor*: escrito em 1906. De "Die Kunst des Müäiggangs", p. 50 et seq.

p. 101   Citação de "Gesammelte Briefe", v. 2, p. 354.

Em troça: de "Die Gedichte".

Citação de "Der innere Reichtum" em "Die Kunst des Müäiggangs", p. 179.

p. 102   Citação de "Im Philisterland", WA 6, p. 175.

Citação de "Peter Camenzind" (1904), WA 1, p. 397.

p. 104   *Taedium vitae*: primeira impressão em 1908. Aqui um extrato do texto. Completo em "Gesammelte Erzählungen".

p. 122   *Canção de amor*: escrito em 1907. De "Die Gedichte".

p. 123   *Íris*: escrito em 1918. De H. Hesse, "Die Märchen", Frankfurt am Main, 1975.

p. 144   *Noite em abril*: escrito em 1922. Poema até agora não publicado.

p. 145   *Expectativa de aventura*: impressão parcial de H. Hesse "Wanderung" (1920), WA 6, p. 139 et seq.

p. 147 *A uma mulher*: escrito em 1920. De "Die Gedichte".

p. 148 *Era um amante...* de H. Hesse, "Demian" (1919), WA 5, p. 147.

Mon revê familier: de "Die Gedichte".

p. 149 *Klingsor a Edith*: de H. Hesse, "Klingsors letzter Sommer" (1920), WA 5, p. 324.

p. 151 *Relampejar*: de "Die Gedichte".

p. 152 Citação de "Klingsors letzter Sommer", WA 5, p. 303.

Citação de "Gesammelte Briefe", v. 2, p. 43.

p. 153 Citação de uma recensão de 1914.

Reencontro: escrito *circa* 1916. De "Die Gedichte".

p. 154 *O que o poeta viu à noite*: escrito *circa* 1924. De "Die Kunst des Müâiggangs", p. 213.

p. 160 *O amante*: escrito em 1921. De "Die Gedichte".

p. 161 *Metamorfoses de Piktor*: escrito em 1922. De "Die Märchen".

p. 166 *Canção de amor*: escrito em 1920. De "Die Gedichte".

p. 167 *Do diário de um desajustado*: escrito em 1922. Impressão parcial de "Materialien zu Hesses 'Steppenwolf'", Frankfurt am Main, 1972, p. 201.

p. 170 *Sonho de paraíso*: escrito em 1926. De "Die Gedichte".

p. 171 *Um arauto do amor*: escrito em 1927. Impressão parcial de "Mai im Kastanienwald" em H. Hesse, "Kleine Freuden", Frankfurt am Main, 1977, p. 222.

p. 173 *Amor*: de "Die Gedichte".

p. 174 *Casanova*: Escrito em 1925. De H. Hesse, "Eine Literaturgeschichte in Rezensionen und Aufsätzen", WA 12, p. 115 et seq.

p. 179 *Sedutor*: escrito em 1926. De "Die Gedichte".

p. 180 *Noite de baile*: de "Der Steppenwolf" (1927), WA 7, p. 359 et seq.

p. 182 *Cravo*: escrito em 1919. De "Die Gedichte".

Apaixonada pela vida: de "Der Steppenwolf" (1927), WA 7, p. 326 et seq.

p. 185   Citações de "Der Steppenwolf" (1927), WA 7, p. 333; de "Narziâ und Goldmund" (1930), WA 8, p. 198.

p. 186   Citação de H. Hesse, "Ausgewählte Briefe", Frankfurt am Main, 1974, p. 415.

p. 187   *O caminho até a mãe*: escrito em 1926. De "Die Gedichte".

p. 188   Citação de "Demian", WA 5, p. 111.

Transformação do amor em arte: extrato de uma carta de abril de 1931 em "Gesammelte Briefe", v. 3, p. 275 et seq.

p. 190   *A misteriosa*: escrito em 1928. De "Die Gedichte".

p. 191   *Quem pode amar é feliz*: escrito em 1918. Impressão parcial de "Aus Martins Tagebuch" em "Kleine Freuden", p. 131 et seq.

p. 194   *Como o vento queixoso*: de "Die Gedichte".

p. 195   Citação de H. Hesse, "Die Nürnberger Reise" (1927), WA 7, p. 135.

p. 196   Citação de H. Hesse, "Siddharta" (1922), WA 5, p. 467.

Citações de "Expressionismus in der Dichtung", WA 11, p. 207, de "Ausgewählte Briefe", p. 91, e de um prefácio à correspondência entre Storm e Mörike, 1919.

p. 197   *Reflexão*: escrito em 1933. De "Die Gedichte".

p. 198   Citação de "Ausgewählte Briefe", p. 465.

p. 200   Citação de "Zu Weihnachten". Escrito em 1907. Em "Die Kunst des Müâiggangs", p. 80.

p. 201   Citação de H. Hesse, "Kurgast" (1924), WA 7, p. 105, de "Der Weg der Liebe", WA 10, p. 446, e de "Ausgewählte Briefe", p. 100.

No quarto ano de guerra: escrito em 1917. De "Die Gedichte".

p. 202   Citação de "Ausgewählte Briefe", p. 107.

Citação de "Siddharta" (1922), WA 5, p. 445.

Em direção à paz: escrito em 1945. De "Die Gedichte".

p. 203   Citações de "Gesammelte Briefe", v. 3, p. 182, e de uma carta não publicada.

p. 204   Citações de "Ausgewählte Briefe", p. 138, p. 375, e de "Gesammelte Briefe", v. 3, p. 65.

Este livro foi composto na tipografia Palatino LT Std,
em corpo 11,5/17, e impresso em papel off-white
no Sistema Cameron da Divisão Gráfica
da Distribuidora Record.